U0123155

Canon 6

# 公僕報告

向陽・呂東熹・黃旭初◎著

## 目次

# 第一章

# 序曲：閣揆之怒

處事溫和的閣揆游錫堃生氣了，他以沉痛的語調批評立法院「已成爲台灣改革的最大障礙」，這在台灣政治發展史上還是頭一遭，朝野爲之震驚。游揆之怒，顯見行政院對立法院延宕法案已經高度不滿。首當其衝的在野黨當然免不了又是一陣口誅筆伐。然而，游揆的一番話，不是爲了執政黨一黨施政的便利，爲的是台灣的經濟前途，在民間和商界都獲得高度肯定，立法院迫於民意壓力，罵歸罵，還是召開了臨時會，審查行政院所提十二項重大法案。游錫堃這一怒，讓立法院的輪子動了起來，也讓台灣剛遭SARS衝擊的經濟出現了復甦的曙光。

「行政、立法是車之兩輪，但如果一輪行、一輪停，國家社會不會運轉，只會空轉！」二〇〇三年六月十二日下午，行政院長游錫堃以沉痛的心情召開記者會，針對第五屆立法院第三會期只通過三十一個法案，批評立法院怠惰、效率不彰，並呼籲立法院加開臨時會審查十二項重要的法案。

游錫堃說：「立法院已成爲台灣改革的最大障礙」，政院向來忍辱負重，但委曲不能求全，這會期政院提送立院達二百九十個法案，多數法案一直「躺在立院倉庫裡」。他呼籲在野黨要重視這個問題，也希望全民共同關心，不要讓法案永遠沉睡。他具體指出，包括提振經濟景氣、掃除黑金積弊、改革行政組織、再造國家願景，經由全國幾十萬公務員攜手努力，卯足全力提出了以「拚經濟」與「大改革」爲主軸的一〇六項優先審議法案，本會期僅僅通過十七案，完成率只達百分之十六。作爲行政團隊總舵手的游錫堃，對這樣的結果當然無法接受。

游錫堃還舉美國商會發佈的新聞稿指出，外商對立法院審查法案的成績單相當失望，他們認爲，立法院延宕「金融重建基金管理條例」立法，將「危及台灣金融穩定、破壞外資對台灣經濟的信心」；而「自由貿易港區設置管理條例」法案通過的延遲，「很不幸的更將阻礙台灣恢復經濟的努力」。身爲一個努力做事的閣揆，游錫堃更強調，他上任以來歷經三個立院會期，三個會期中立法院通過的法案，第一會期通過一百三十六案，第二會期通過八十四案，到本會期則僅通過三十一案，「下會期距離選舉越近，相信立院通過的法案只會少不會多」。

## 游揆獅子吼，立院動起來

處事一向溫和的閣揆游錫堃，以如此沉痛的語調批評立法院，在台灣政治發展史上還是頭一遭，朝野爲之震驚，閣揆之怒，顯見行政院對立法院的延宕法案已經高度不滿。首當其衝的在野黨當然免不了又是一陣口誅筆伐，有說行政院溝通、協商不夠的，也有說游錫堃將立法院「妖魔化」了，甚至還出現零星的「倒閣」的聲音。然而，游揆的一番話，不是爲了執政黨一黨施政的便利，爲的是台灣的經濟前途，在民間和商界都獲得高度肯定，立法院迫於民意壓力，罵歸罵，還是召開了臨時會，審查行政院所提十二項重大法案。

游錫堃這一怒，讓立法院的輪子動了起來，也讓台灣剛遭SARS衝擊的經濟出現了復甦的曙光。

在民進黨內被同志稱爲「憨堃仔」的游錫堃，行事一向低調，他的個性憨厚淳樸，踏實而不善作秀，即使是在宜蘭八年縣長任內政績頗獲好評，他自認爲「也是在默默地做了許多事情後，成果呈現出來時，媒體才發現的」。這次他所已忍不住向立院高分貝喊話，「實在是因爲立法院太離譜了！」身爲最高行政首長的游錫堃說：「我一直在忍，即使水淹到嘴巴，我還是忍！但是你一定要淹到我的鼻子，那我就一定要拚了！」

「爲了國家的利益、人民的福祉，我不拚不行！」

游錫堃事後說，公開批評立法院立法效率不彰，主要是考量國家與人民的利益，因爲國家利益在政黨利益之上，整體利益也在個別利益之上，希望民眾能了解行政院是想做事，也有執行力；外界講如果他不高分貝批評立法院，下會期立法院應該會通過更多法案，他一公開批評，下會期法案可能會很難通過，事實上恰好相反，按照現在立法院每一會期通過的法案遞減五十案的情況，「我不講，下一會期法案可能過不了幾個。」

事實如此。第五屆立法院第三會期庫存未通過的法案計達有三百二十案，只通過三十一案，加上廢止案共五十三案，通過的只六分之一。從積極性來看，第五屆立法院第一會期通過一百三十六案，第二會期通過八十四案，第三會期通過三十一案，從第一會期到第二會期減了五十二案，第二會期到第三會期再遞減五十三案，按照這個「等差級數」來看，立法院下個會期那裏還有法案會通過？因此，游錫堃說：「我一定要講出來，讓全民大家都注意。」讓各選區選民注意他

行政院院長游錫堃於立法院施政報告。

選出的民意代表到底有沒有在做事？在野黨在立法院所爲，對於國家發展、經濟民生是否用心？對不對得起人民的支持？

對於在野黨批評行政院「執行力不足」，游錫堃淡然一笑地舉台中科學園區爲例來反駁。他說，行政院以不到一年時間，就完成台中科學園區交地程序，這是過去的政府「沒有四年不會完成的事」。同樣的，位於台北縣的頂埔高科技園區用地問題，也是一百五十天就完成整地。此外，諸如大高雄水質的改善、北宜高速公路雪山隧道的貫通，都是過去的政府一直無法做到的事，但在現在的行政團隊的努力下，這些事情都已順利完成了！若進一步以預算執行率來看。二〇〇二年一整年，行政院資本門預算的執行率達百分之九十二，創下五年來最高紀錄；總預算執行率更高達百分之九十四。

「在野政黨領袖因爲害怕行政院執行力太好，對在野黨的總統大選不利，才會在立法院杯葛法案通過。」游錫堃認爲，在野黨監督行政部門乃是天經地義的，他誠心接受在野黨嚴厲監督，但也希望在野黨能以國家、民眾利益爲最高考量，不要不分青紅皀白杯葛法案通過。

游錫堃但問國家利益、民眾利益的施政原則，從上任以來始終如一。游錫堃在立法院第三會期做口頭施政報告時，曾以「比馬龍效應」強調他的行政團隊的信心。他說：「信心是向前邁進的主要動力，只有懷抱信心、樂觀、進取，才有可能創造美好的明天。心理學上有一種稱爲『自我預言實現』的現象，在教育學上稱爲『比馬龍效應』，也就是說依個人如果一開始就認定自己會失敗，通常結果就眞的會失敗。因爲悲觀的人只專注於身邊的困境與黑暗面，也就無法以積極進取的態度與方法來迎接挑戰。」

相對的，「國內有少數人一直提出唱衰台灣的論調，刻意釋放紊亂而片面的訊息，對我們國人的信心造成莫大的傷害，並且可能產生『自我預言實現』的結果，進而影響國家的正常發展與進步！」「對於眞切與善意的批評，我們認爲是鞭策國家與社會進步重要動力，絕不可少，而我們也應該從這樣的批判中反躬自省，在檢討中尋找前進的道路。但是我們絕對不希望國人同胞受到失敗主義的影響，對自己失去信心，而使國家社會陷入了『自我預言實現』的魔咒語危機當中。」

立法院第三會期通過法案的稀少，不僅印證了「少數人唱衰台灣」的危機，更說明了在野黨阻撓行政部門推動改革的事實。是可忍，孰不可忍？游揆之怒，既是行政團隊具有施政信心的作爲，更是游揆凜於國家利益、人民福祉，不得不然的獅子吼！

## 帶領台灣走出SARS危機

事實上，當游錫堃批評立院怠惰、效率不彰之際，也正是SARS疫情獲得控制，人民走出SARS陰影恐懼的同時。游錫堃領導的行政院團隊以堅苦卓絕的幹勁，面對台灣有史以來最嚴重的傳染病抗疫戰爭，從沒有經驗的短暫慌亂中，快速理出頭緒，依次行政，終至讓人人聞之色變的SARS獲得控制。這是一場不容易打的仗，剛開始之際，人人自危，舉國慌亂，行政團隊以忍辱負重的毅力，展現了高度應變能力和施政效率，當人們摘下口罩、暢快呼吸新鮮空氣時，這才感覺到游揆所領導的行政團隊已經帶領台灣走出SARS危機！

SARS疫情伊始，台灣疫情的感控做得相當好，三月份到四月中還保持零死亡、零社區感染和零境外移出的「三零紀錄」。但在四月二十四日台北市立和平醫院發生「院內感染」，進而封院之後，仁濟醫院、高雄長庚、高醫、台北市立中興醫院跟著遭到感染，疫情一下子像放鞭炮一樣炸了開來，加上平面、電子媒體全天候「危機總動員」的放送下，台灣社會旋即陷入SARS風暴的驚恐中。

游錫堃在SARS疫情告一段落後回想，SARS疫情所以能夠在很短的時間內控制下來，最主要的還是要歸功於「找對人來治病」！行政院找來前衛生署署長李明亮來擔任「抗SARS防治作戰中心總指揮」，對於整個疫情的控制，的確發揮了相當關鍵的功能。這可從台灣被WHO列入旅遊警示區到被宣佈解除所花的時間得到證明，台灣是五月二十一日被列進旅遊警示區，是最慢列入的！而六月十七日就排除了，共二十八天；疫情最嚴重的台北市，則是五月八日列入，六月十七日排除，共四十一天。和中國比較，北京四月二十三日列入，六月二十四日排除，達六十三天；廣東四月二日列入，五月二十三日排除，共五十二天；香港四月二日列入，五月二十三日排除，共五十二天。台灣比中國花更短的時間化解SARS疫情；如扣除我們向WHO提出申請時，被要求補資料而拖延的十天，則台灣是十九天，台北市三十二天。這樣的數據，清楚說明了台灣的防疫能力和行政院的效能。

李明亮擔任「抗SARS防治作戰中心總指揮」，是游錫堃親自打電話給人在美國的李明亮的，當時李明亮正在美國準備接受一項頒獎，接到游揆的電話，領完獎立刻搭乘第一班飛機回台灣。在飛機上，李明亮並不知道國內問題到底有多嚴重，但他很清楚這將是一個艱鉅而沉重的負擔，同時也意識到中央和地方是否能夠同步對抗疫情，將是這場戰役成敗的關鍵。

五月五日，李明亮回國，因爲知道這件事情不容易處理，所以特地買了安眠藥來幫助自己面對這場硬仗。當天，李明亮立即到行政院拜會游揆，並且當面告訴游錫堃，如果要他擔任這個工作，先決條件就是要把馬英九拉在一起，「院長必須在中間拉好這條線，叫台北市一起讓我掌控，否則無法作戰！」李明亮知道，他必須控制台北市疫情，才能控制全台灣疫情，而當時台北市的疫情又那麼嚴重。

李明亮的擔憂，並非杞人憂天。只要對照先前台北市的種種作爲，像是邱淑緹對是否將SARS列爲法定傳染病的問題，連連炮打中央；而和平醫院封院過程中更傳出種種問題，都讓擁有全國最多醫療資源的台北市，竟然成爲SARS肆虐的危城。李明亮領導的「抗SARS防治作戰中心」若不能指揮台北市，其結果當然令人擔心。

游錫堃很明快地答應李明亮的要求，第二天晚上便在官邸安排馬英九與李明亮會面。這次的會面過程很順暢，李明亮告訴馬英九，要怎麼指揮、怎麼報告，中央決定政策和協調，地方則執行，一旦出現疫情，就要往上報告，不能隨便發布新聞；此外，包括與疫情攸關的，像要隔離幾天，都要聽中央的，「不能規定要隔離十天，但我偏偏要隔離幾天。」李明亮說：「必須全部都在一個大的系統之下，而不是兩個不相關的在運作。」馬英九表示絕對配合。

第二天李明亮陪同游錫堃、副院長林信義、秘書長劉世芳去總統府見總統，經過將近兩小時討論之後，總統指示由李明亮擔任「委員會副召集人兼防治作戰中心總指揮」。架構是由院長任總召，其下有兩個副總召，一是副院長林信義，一個是李明亮，並由李兼任作戰指揮官，直接協調衛生署、國防部、內政部、陸委會等部會。整個委員會成立的過程前前後後不超過四十八小時。

這個委員會運作的模式相當特別。白天，各人回到各自的工作地，有的則到各醫療院所，或到機構查巡，或協助解決疫情問題。晚上，大家又回到中心來開會。委員會的工作模式，每天八點鐘開始例會，首先是醫療及疫情小組（衛生署）人員先檢討有關業務，尤其是每天疫情的報告及分析。九點起，則是跨部會工作協調。例行會議之後，十點左右，都有一個記者招待會，報告疫情進展以及一些新的決策，或既定政策的修正與調整。十一點左右，十幾位委員會成員回到各自崗位，到晚上才又集合在一起，時間通常是在行政院SARS例會（下午六時三十分至八時三十分）之後。會議常常從晚上九點鐘開始，快的話十一點，慢的話直到午夜才結束。

委員會開始運作之後，李明亮也告訴馬英九：「市長，你很忙，我知道，但至少副市長要來！」後來歐晉德副市長每天都到衛生署開會，也都忙到三更半夜十一、十二點。在李明亮的眼中，歐晉德是個很理性、很好說話的人。就在中央和台北市兩邊一起打拚下，整個team一起動員，「開會中，大家分配你做什麼？我做什麼？今天我支援你什麼？再過來該怎樣作？討論該怎樣封洞？病患要送去哪裡？」李明亮說。此外，各方面的專家也都一直進來，委員會在五月七日成立，而SARS疫情則在五月十三日達到顛峰，然後就像爬山一樣，「一攻頂就把疫情給抓下來」，十天後，SARS平穩下來了。五月二十四日，李明亮透過電視，告知全國民眾：「大家可以慢慢恢復正常生活了！」

到了五月二十八日（團隊工作三星期後），台灣每日SARS病人數進入世界衛生組織（WHO）可接受的範圍（每日平均少於五人）。於是，政府開始準備向WHO申請除名，自此委員會進入抗疫的另一個時期——與WHO層層交涉的時期。

六月八日，台灣向日內瓦的提出申請除名，經過一而再，再而三的繁複手續，資料一補再補，WHO終於在六月十七日宣布將台灣從世界旅遊警示區除名，全國上下如釋重負。此後又經過了二十天的零病人時期，台灣終於在七月五日正式從WHO疫區除名。

SARS疫情迅速獲得控制，李明亮並不居功。他認為整個事情是「大團體共同完成的成績」，包括有人和媒體溝通、有人教育民眾，還有全民的配合。「到後來人民很聽話，政府說要全民量體溫，百分之八十都有做到，這是台灣歷史上不曾有過的。而這種事絕對不可能會是一個人能夠做得來的！」李明亮非常感謝許多抗SARS戰役中的專家，他在一篇名為〈非典型委員會——防SARS委員會實錄〉的文章中如此寫道：

台灣醫界、公共衛生界從來沒有在這麼短的時間內，動員過這麼多的國內一流高手，加上行政體制內的同仁（包括台北市歐晉德副市長），大家形成一生命共同體，合作無間，日夜打拚，眞是台灣難得的「景觀」。

## 溯著魚梯不斷往上游

台灣終於走出SARS風暴。在對抗SARS的過程中，還發生新竹市長林政則率眾阻擋SARS病患進入署立新竹醫院的事情，當時游揆曾說了一句非常沉痛的話，他說：「我們一定會度過SARS的疫情，但是在這個過程中，我們的人性在哪裡？不要在事件過去之後，回頭來看這個過程時，讓人家笑我們台灣人的人性！」

回顧SARS疫情的演變，從台北市立和平醫院爆發，繼而仁濟、高雄長庚、高醫、中興、關渡，最後又在台北市的陽明醫院發生，台北市對於疫情的管控不當實在難辭其咎，已經是國人通論。但在這段過程中，行政院自始至終，都把抗SARS當成唯一要務，也從不曾對台北市政府說過一句重話，因爲游錫堃了解，即使地方防疫工作做不好，中央還是要負全責，人民的命，沒有中央地方之分，因此他在疫情發生後，就立即指示行政院團隊，全力與地方政府合作抗SARS，並在強調「只問缺口，不問責任」的原則下，全力支援地方抗疫工作。

游錫堃強調，「不問責任」並不是不追究責任，在民主社會，地方政府有議會監督及地方自治法規範，法律責任有地檢署追究，政治人物則有監察院監督，責任問題都會釐清。雖然SARS風暴期間，各界對政府的表現見仁見智，但站在行政院的立場，不要口水，抗疫就像作戰，要不分彼此、不分黨派、不分地域限制，唯有合作無間才能有效控制SARS。「太多的政治口水，徒然造成對立，只會減低對抗疫情的力道，對於對抗SARS於事無補。」因此，即使是後來發生的高明見事件，行政院也低調回應，絕不捲入政治口水戰中，展現了「得理不使氣」的雍容氣度。游錫堃領導的行政團隊，已在SARS淬練下磨出了日漸圓熟的政治智慧。

七月八日到十日，立法院加開的三天臨時會，終於通過了自由貿易港區、農金法、金監法及不動產證券法等四案。這樣的結果，身爲行政院長的游錫堃表示「七分欣慰，三分遺憾」。游揆強調，立院臨時會幾經波折，通過財經四項重大法案，證明改革和進步並非一蹴可及，可以說充滿困難，但只要朝野摒棄成見和立場，就可以解決問題，爲人民謀福利。同時他也感嘆，在當前的政治環境下，「改革」實在是一條艱難的路，但是站在國家整體的利益上，「改革」卻是一定要走的路。

承載著對人民「拚經濟、大改革」承諾的民進黨執政團隊，在艱難的環境中一路走來，就像是溯著魚梯上游的魚群一般，過程或許迭遭挫折，但「改革」的目標不變，打造台灣成為綠色矽島的方向明確，游錫堃領導的行政團隊已經一步步交出具體的成績。

# 第二章

# 收拾爛攤子

中華民國第十任總統陳水扁二〇〇〇年五月二十日上午在總統府宣誓就職，由司法院長翁岳生監誓。

堅持改革因而受傷的民進黨，雖然在執政初期讓部份支持者與人民失望，但三年多來不斷扯後腿的國親兩黨，卻因爲他們的事事反對和惡意杯葛，讓台灣人民更加不滿，每次民調，國親兩黨主導的國會總是被民眾認爲是「國家亂源」，這一頂帽子不是別人幫他們戴上去的，而是三年多來他們自己透過國會，一刀一刀地切割陳水扁及其執政團隊，同時，也一刀一刀地切割他們自己與台灣人民之間的信任關係。

在野黨非理性的反對，雖然達到阻礙新政府改革的效果，卻也停頓了台灣成長的空間和機會。在野黨政治人物午夜夢醒，應該捫心自問：到底這樣的政治惡鬥，能帶給台灣人民什麼價值與未來？

# 23 收拾爛攤子

二〇〇〇年總統大選，民進黨總統候選人陳水扁在台灣人民的企盼下，擊敗連戰、宋楚瑜，當選台灣總統。民進黨終於透過人民的選票，取代了長期執政的國民黨主政。

三月十八日開票那一夜，很多人感動地歡呼、很多人因爲台灣人當家作主的夢已成眞而高興地流下淚水。但是，對初掌國家機器的民進黨來說，這是政黨的榮耀，卻更是承擔人民負重的開始。

戒嚴時期的國民黨，黨外無黨，警備總部的軍事管制，以及兩蔣個人崇拜的強調，使國民黨有效而全面地掌控著整個台灣的政局，連同人民的腦袋和呼吸。

政黨輪替之後的台灣，民進黨雖然取得政權，國民黨卻仍掌控著舊國家機器和意識型態的解釋權，國民黨及由國民黨分裂出去的親民黨，不是只在政治上杯葛民進黨，還在尚未翻新的意識型態領域中試圖牽著民進黨的鼻子前進。在政治上，民進黨主政了，國親兩黨是在野黨；在文化、教育與媒體的意識型態領域中，國親兩黨還是霸權，民進黨仍須仰其鼻息。

從政黨輪替之後的權力結構來看，儘管政府換了，但剛上台的新政府仍不能不背負前朝遺下的舊包袱。

## 威權殘餘與過度競爭的媒體

有多少醫生護士不分晝夜在前線打拚，沒有媒體去報導這些正面的消息，只有去看說又死了幾個人，播到最後就是讓所有民眾陷入集體的恐慌，有人不敢出門、有人得了憂鬱症，台灣的民眾就這樣受到媒體渲染疫情的驚嚇。

抗SARS總指揮官李明亮至今依然對SARS襲台之際，媒體播報新聞的心態無法釋懷。

李明亮指出，媒體不但沒有讓人民充分了解，還讓民眾產生很大的誤解，對SARS不正確的認知，引起恐慌，因爲人民聽到的一直都是負面的報導。李明亮說：「就像八掌溪事件，媒體記者讓民眾感覺寧可守在那裡等工人被沖走的畫面，等到悲劇發生後，媒體不斷重播畫面，一天二十四小時就播二十四次！這次SARS事件好像也是這樣？事實上，全世界有八千個case，沒有任何一個國家的人民是聽到SARS會去上吊的，我們卻像是發瘋了一樣，感覺好像是世界末日了！」

李明亮進一步強調，其實SARS的死亡率並不是很高，就算讓你得到SARS，只要是早點通報、早點治療，死亡率是很低的，「我們這次差不多百分之八十幾的感染者也都康復了，為什麼沒有媒體去報導說出院的破紀錄、出院的又更多了三個人的消息？」媒體每天總是報導，「又死一個人、又死三個人、又死多少人」。李明亮分析，台灣一年有十二萬多人死亡，每月差不多一萬人去世，台北的人口約為台灣的十分之一，一天死亡人口約一百餘人，和平醫院是中型醫院，以一千多病人計算，一天約有三人死亡，這在普通時候也是正常的死亡率。遺憾的是，媒體報導過程中，只要和平醫院今天有二個人死亡，他們就說和平醫院SARS又死二個人，但對於那二個人的病因則又沒有說明，這就導致民眾誤以為這些案例都是因為SARS死掉的。

此外，媒體記者創造所謂「紀錄創新高」的說法，李明亮也覺得可笑。他指出，「累積病例」主要是逐日累積而來的紀錄，「今天二個、明天一個，累積就是三個，那後天又一個，這樣就是四個。」媒體以「累積」為「破紀錄」、「創新高」是缺乏基本常識的說法。「累積當然是創新高，你說是不是，那你在那公佈，又有圖表什麼的，當然啊！你的年齡也是累積的啊！那累積……你明年也是比今年多一歲啊！這樣哪有人說什麼累積又創記錄了、又創新高，但是這也要報導出來，這實在是很荒謬！」

過去戒嚴威權年代，國民黨統治台灣，基本上採取鎮壓和洗腦的雙重方式進行，鎮壓的部分有黨化的軍隊、檢查人民大腦並可隨意抓人的警備總部、特務、警察，來掌控國家政經優勢，維持無人反抗的社會「穩定」；洗腦的部分，則是掌握媒體、教育機構等意識型態國家機器，傳播國民黨教條，以維持它的統治正當性，鞏固它的統治基礎。

阿扁總統上台後，銳意改革，將本來國民黨鎮壓人民的機器大幅翻修，讓它成為國家的，而不屬於政黨。軍隊國家化了，檢肅人民腦袋的警總廢除了，情治機構也回到國家的體制之內，警察回到國家體制之中，不再接受政黨的指揮，連同司法體系也進行改革。這些改革其實人民都看到了，書店沒有禁書、綠島不再有政治犯可關、除非犯罪否則電話也不會有人監聽、郵局裁掉了郵檢人員……。這些都使得威權統治的鎮壓性國家機器蛻變而為正常的國家機器。

但是政權輪替之後，親國民黨的政治勢力卻還是掌控多數媒體，部分長期受到國民黨黨國體制孕育以及操控的舊媒體勢力，仍持續以威權意識型態操作新聞。更嚴重的是，國民黨統治年代灌輸的意識型態已經內化成為多數媒體內部的文化。

另一方面，媒體開放後，台灣的報紙、電視、廣播市場都形成過度競爭的局面，加上經濟不景氣，媒體業者為搶奪廣告收入，競相將新聞報導煽情化、故事化、八卦化、色情、暴力、未經查證，誇張不實的報導，都在言論自由的面具下肆無忌憚地侵襲私人的隱私權，社會秩序以及國家安全。監督政府、保護人民權益固為媒體天職，也是媒體擁有第四權美譽的緣由，但是如果媒體爲求商業利益或具特定政治立場而不知自制自律，視人民穩私權、社會秩序與國家安全爲無物，這不啻是言論自由反動，也是威權心態殘餘的明證。

這種內化的舊思維，影響了媒體對扁政府上台之後的種種評價，也決定著媒體對扁政府各種施政的態度。李明亮領導抗SARS期間，媒體報導角度和評論方式「好像巴不得死亡紀錄『創新高』」，就是源自這種意識型態的翻版；媒體對準八掌溪四位陷身洪流之中的工人猛拍，又全天候不斷放映工人落水畫面，毫無基本的人溺己溺之心與媒體應守的報導倫理。

陳水扁從三一八當選總統的那一天開始，面對的就是這樣的媒體「監督」，扁政府的百般施政、內閣的政策作爲，之所以遭到所謂「治國無能」的莫須有指控或批評，乃是這類媒體建構出來的虛假圖像。

## 不完全的政黨輪替及其拉扯

民進黨主政後，必須面對一個在野黨控制的國會，這種權力結構相對過去國民黨一黨專政，黨國一體時完全不同。當年的國民黨可以從總統到行政院，乃至黨政軍一體化，甚至融入到黑金體制中，連同文化、教育等各個領域都全部貫串掌握，一個命令，一個動作，徹底執行；如今，雖然國家最上層的總統換人了，國會依然受到國親兩控制，即使改選後，立委還是泛藍（泛國民黨）席次過半。「朝小野大」，使得民進黨政府處處受到在野黨掣肘。

但是，民進黨執政就必須落實過去民主開放的主張，而要維護民主自由體制，效率就不可能像威權年代一樣又猛又快。畢竟，民主與效率通常是對立的，必須再三、再四的討論，尊重對方意見，適度妥協讓步，尤其對方人頭比你多的時候，即使你多麼的不贊成，也得尊重對方意見。過去的國民黨不必這樣做。

加上舊體制也尚未被徹底檢討和清理，缺乏真正的改革重組，憲政體制的錯亂，使得掌握行政權的，尤其是總統，要負起責任來解決行政與立法之間的對立，此即所謂「分裂政府的問題，行政權由民進黨控制，立法權卻受制於泛藍國親兩黨，這樣的政府權力結構，讓政府權責問題更加渾沌不明，「整個民進黨的執政，在政黨輪替後，一開始是樂觀的，至少在核四事件之前是如此的，很多人認爲民進黨拿到總統，就能掌握整個行政體系，可是拿到總統職位不等於拿到整個政權，拿到整個政權，也不代表眞正體制都已經變更」。

民進黨雖然掌握了政權，但對於國民黨執政時代建構的國家「體制」及社會「體制」，不可能在短時間內加以改變，尤其意識型態的部分，人民受到國民黨長期灌輸的結果，潛意識內認同的東西，以及社會價值觀的層面，要在兩三年內扭轉調整，顯然更困難。

政務委員葉國興指出：「民進黨在野時常說要推翻國民黨體制，但是『國民黨體制』是什麼呢？它是有時代建構的所有組織、系統、行爲模式、價値觀的總合，它已經結構化成爲人民生活的一部分，進而凝固爲文化的一環了。」在這樣的結構下，改革談何容易？

這種「不完全的政黨輪替」耗損掉執政黨許多精力，甚至很多支持者也因此感到挫折，因爲某種憧憬的破滅（這些憧憬也許是不切實際的），產生質疑，甚至信心動搖。但是，從另一個角度看，這個尊重民主機制的少數政府運作模式，何嘗不是台灣民主的可貴和成就之處？這包袱是民進黨政府不得不背負的。民進黨寧要民主自由和人權，不怕面對困境。

## 全球經濟不景氣下的巨大挑戰

新政府一上台就面對了全球性經濟不景氣與本土泡沫經濟破滅之後帶來的經濟成長問題。早在一九八〇年代，國民黨政府，放任房地產及股票市場炒作，最後造成不可收拾的泡沫經濟，股票與房地產爆跌以及官商勾結非法超貸的結果，造成我國金融資產品質急速惡化，生產投資與產業轉型停滯，國家財政嚴重惡化。二〇〇〇年五月二十日新政府上任，當時中央政府的債務餘額就已經達到二兆四千七百八十億元，其中包含了承接台灣省政府八千一百三十九億元的債務。另一方面，國家稅基縮減在政黨輪替之前早已是財政上的一大隱憂。一九九九年，各級政府財政收支短絀四百五十六億元，二〇〇〇年更大幅增加七點八倍，達到三千五百六十億元；占GDP比率亦由一九九九年度的百分之零點五劇增至百分之二點五。

台灣的經濟問題是過去十幾年來泡沫經濟累積的結果。表面上，這些年來我們有高科技電子業，經濟也很繁榮，好像很有榮景。事實上，過去十幾年來台灣房地產、股市、銀行體系早已潛藏很多泡沫經濟的問題。尤其是面臨全球化的挑戰，台灣在中國經濟勢力興起的時候，並沒有進行急速、即時的結構性改革，政黨輪替後，「大陸熱」成爲部份統派人士另一個夢想，他們反過來唱衰台灣，把過去壓抑住的泡沫經濟的責任，全部歸罪於新的執政者。

世界性的經濟不景氣，也使台灣經濟無可避免地受到波及。其實，二〇〇一年以來受全球資訊科技投資泡沫化的衝擊，美國股市的跌幅比台灣還大，可是由於台灣人民對政府的期待與認知有落差，很自然地，會將泡沫經濟破滅或所謂知識經濟的退潮，怪罪於民進黨的無能，忽略了長期以來內部積累的問題，才是當前經濟問題的主因。

對民進黨政府來說，這些都要概括承受，因爲政府是延續的。

不可諱言的是，新政府上台後，面對這樣的經濟困境，也只是順著輿論的反應，股市一不好就介入，沒有根本解決問題。雖然行政院也認爲不應該用國安基金去救股市，可是當時許多人期待民進黨政府能依循國民黨的方法，立竿見影地拉抬經濟景氣，結果反而陷入過去國民黨處理經濟問題的窠臼裡面。

## 雖然受傷慘重也要繼續堅持改革

新政府的包袱，或者說是困境和挑戰，在於台灣的民主化過程是一種「分期付款式的民主化」。近十年來，台灣採取緩進的、和平的「不流血革命」，使得社會付出最少的代價，但相對地，新政府也要承受並承擔許多相對的慘痛代價——國民黨威權統治期間建立起來的黨國體制、特定利益集團、以及殘存戒嚴威權意識型態的媒體，因此擁有更多的空間和口水，對新政府進行更強烈的批評和指責。

從政治變遷的角度看，國民黨政府的統治方式，從威權到民主，採取的是分批釋放權力給台灣人民，而民進黨也是在這樣的狀況下分批取得權力，最後以和平演變與漸進的方式取得政權，但這種「分期付款式的民主化」伴隨的也就必然是「不完全的政黨輪替」現象，在政權移轉後，形成舊體制瓦解，新體制尚待建立的過渡期。這個過渡期難以避免，卻也造成國家發展的兩個矛盾：

## 一、政策短期化

政黨輪替，好似掀開一個鍋蓋，人民透過選舉，認知了民主政治的可貴，但民主政治的困境，就是人民希望政府大有爲，希望提供優厚的社會福利，又希望政府小而能，干涉越少越好，所以財政能力要限制，收稅範圍要限制，可是這種期待很難同時被滿足，人民又要求馬上反應需要，加上在野黨的競爭與媒體批評，因此很容易出現政策短期化的結果。

連帶的，人民要求於政府的，往往也就不是長期政策，而是有效果、立即看得到的政策。執政黨的政治人物若抗壓力不夠，遇到媒體、政黨、國會的壓力，爲了滿足或應付，政策就只能跟著走，台灣的政治自然會形成「短期理性和長期不理性」、「個人理性和整體的不理性」的特殊現象。

## 二、少數反對者佔據抗爭發言台

不完全的政黨輪替的過渡期，舊的既得利益者形成強大的發言力量，像金融改革、國營事業改革（民營化）、總預算案要不要過，過去都不會有問題，現在卻被綁在一起，立院每年審查一次總預算，行政院幾乎有半年以上時間受制於立法院，咽喉被立法院掐住，預算不讓你過，行政院及各部會敢去推動其他大改革嗎？

從理想面與實質作爲來看，民進黨政府是改革者，方向也對，但改革過程卻遭遇許多困難，一方面是政治實力和技巧不足，欠缺國會實力與媒體支持，未能讓支持者站出來，反而讓少數反對者佔據輿論發言台，無法進行有利的政策說明；另方面，大選落敗的泛藍系國親兩黨，不甘失敗的事實，利用各種機會反撲，民進黨政府要拚經濟，又要應付政治鬥爭，因此疲於奔命，國、親兩黨的反撲與掣肘雖是預料中事，但民進黨若抗壓力不足，便會在貫徹理念與引爆政治衝擊或政治危機間猶疑、退讓，反而讓支持者或中產階級不能諒解。

堅持改革因而受傷的民進黨，雖然在執政初期讓部份支持者與人民失望，但三年多來不斷扯後腿的國親兩黨，卻也因爲事事反對和惡意杯葛，讓台灣人民更加不滿，每次民調，國會總是被民眾認爲是「國家亂源」，這一頂帽子不是別人幫他們戴上去的，而是三年多來，在野黨透過國會一刀一刀切割陳水扁及其執政團隊，同時，也一刀一刀切割他們與台灣人民之間的信任關係。

非理性的反對，雖然可能達到阻礙改革的效果，卻也停頓了台灣成長的空間和機會。在野黨的政治人物午夜夢醒，應該捫心自問：到底這樣的政治惡鬥，能帶給台灣人民什麼價值與未來？

第二章

# 擋！擋！擋！

首次政權輪替初期的台灣政治生態，被外界稱為「朝小野大」，民進黨即使要蕭規曹隨、毫不作為，都有困難，何況民進黨急於改革，希望為國家建立正常的政黨政治宏規。但在宋楚瑜差卅幾萬票而落選的氣氛下，其支持者瀰漫著一股騷動的氛圍，無法接受敗選的事實；而一夕頓失政權的國民黨更是胸悶難平。

擋！擋！擋！擋住建設施政，擋住改革進程，擋到讓新政府走投無路，國親才有機會拿回政權。朝野的對抗與爭權，在國親兩黨的這種心態下，從陳水扁總統當選的那天起，就沒有一天間斷過。

二〇〇〇年六月十三日晚上十點，行政院新聞局的記者室擠滿了被通知前來採訪的媒體記者，當時的行政院副院長游錫堃、經濟部長林信義、經建會主委陳博志以及勞委會主委陳菊，正偕同全國工業總會林坤鐘、全國總工會林惠官和全國產業總工會黃清賢召開記者會，說明攸關全國勞工權益的「工時案」協商結論。

經過一整個晚上的磋商，與會者在修正條文的協商版本上共同簽字，一致同意自隔年的元月一日起，將工時由每週四十八小時調降為四十四小時。游錫堃說：「這是我國第一次經由勞、資、政府三方協商簽字達成的勞工政策協議，非常具有歷史意義。」陳水扁總統的競選承諾似乎就要實現，此時離政黨輪替還不滿一個月。

可惜這具有歷史意義的一刻，並沒有爲新政府少數執政的局勢創造一個好的開始。三天後，立法院三讀通過國民黨版的勞基法第三十條修正案，法定工時縮短爲每兩周八十四小時。全國百分之五十三的企業必須據以調降工時，經建會評估企業生產成本將因而增加三千億元。

對當時的行政院而言，難堪的不只是政策被立法院否決而已。民進黨開始意識到，儘管掌握了行政權，但是國會席次不夠，未來在政策制定上仍得看國、親兩黨的臉色，而「工時案」只不過是一個開端。

## 在野黨選後還在「拚江山」

台灣第一次政黨輪替後，如何讓政府公務員心態獲得調適、建立政黨政治的競爭倫理、並證明具有執政能力，對於初次執政的民進黨來說，都是嚴酷的考驗。而民進黨在國會中並未取得多數，在二百三十五席立委席次中，只有六十八席，在國會中是個連三分之一實力都不足的少數黨，所面臨的困境已經相當清楚。

陳水扁總統上任後，爲了維護朝野和諧，提名國民黨籍、軍人出身的唐飛出任行政院長，寄望透過「全民政府」的建立，爲這個國家的施政帶來順暢穩定的前景，但事與願違，國民黨仍然不斷杯葛，導致最後唐飛以身體不適爲由辭職。

第一位民進黨籍行政院長張俊雄就任後，又提出「以合作替代對抗，以築巢替代築牆」的呼籲，希望建立政黨競爭新倫理，讓台灣邁入成熟民主政治的境界。這個希望後來也因爲國親兩黨的不合作而破滅。

這是首次政權輪替初期台灣政治生態的情境，外界稱爲「朝小野大」，頗見貼切。新政府即使要蕭規曹隨、毫不作爲，都有困難，何況民進黨急於改革，希望爲國家建立正常的政黨政治宏規。但在宋楚瑜差卅幾萬票而落選的氣氛下，其支持者迷漫著一股騷動的氛圍，無法接受敗選的事實；而一夕頓失政權的國民黨更是胸悶難平。

朝野的對抗與爭權，在國親兩黨的不甘下，從陳水扁總統當選的那天起，就沒有一天間斷過。

在野黨從唐飛院長的工時案、張俊雄院長的核四案，都全力杯葛，甚至還提出罷免剛當選的民選總統的提案，游錫堃院長一上台就面對統籌分配稅款覆議案的硬仗，接著是基隆河整治、財經六法等法案，頻遭阻撓。整整三年多時間，行政院很多施政，要不是推動困難，要不就是得花很多時間在協調紛擾之上。

「核四停建案，國親兩黨還推動總統罷免，認爲還有機會要回失去的政權，繼續執政。」現任民進黨秘書長的張俊雄不諱言當初宣布核四案停建案的險惡。

最明顯，也是民進黨執政後所遭遇到的第一個政策推動難題是「工時案」。當時民進黨主張四十八小時縮爲四十四小時，以保留工人被聘用的機會，同時降低對產業界的衝擊於最低；很多非國營事業工人也願意一星期縮爲四十四或維持四十八小時不變，畢竟景氣低迷，有工作才有希望。想不到，行政院的草案到了立法院後，卻遭到在野黨惡意杯葛，他們鼓動國營事業部分勞工與少數領導人帶頭反對，國民黨甚至無視於昔日執政時的主張，帶頭加碼，硬是通過兩週八十四小時工時案，讓台灣的產業界大爲錯愕、企業界措手不及、勞工界揣揣不安。

勞工團體成員於立法院外靜坐，呼籲立法院朝野政黨支持工會版兩週八十四小時工時案。

「從國民黨將勞工工時加碼至八十四小時開始，有好幾次，國民黨高層都曾透過立院黨團放話，說我們是在跟你『拚江山』。」一位行政院重要幕僚首度透露當時國民黨無視台灣經濟困境而加碼的心態。

「拚江山」，說出了國民黨和親民黨近四年來運用國會，掐住行政院喉嚨、扯住行政院後腿，不讓想做事的執政黨伸展手腳的基本心態。不讓你做事，就可以批判你沒做事——近四年來，國親兩黨早也罵、晚也罵，批評民進黨毫無建樹，就是源自這種見不得民進黨有政績，以便早日「還我河山」的心態。於是，一連串的「拚江山」戲碼就在國親兩黨的排演下不斷搬出。

## 遭到國民黨惡整的「工時案」

即使已經事過境遷，對於工時案，主管部會勞委會主委陳菊仍感到相當不解與不平。

「工時案」是陳水扁總統競選時的重大政見，從過去台北市政府到現在的中央政府一直協助陳水扁落實政見的勞委會主委陳菊，原來的規劃是希望用兩年時間、兩階段方式，以影響最輕的原則，溫和地落實政見：第一年每週工時從四十八小時降到四十四小時，第二年則希望能夠降到每週四十小時。

只是，陳菊上任之後，台灣的景氣處於低迷狀況，但無論如何執政黨還是要努力去達成。

二○○○年五月一日，全國產業總工會成立，它是由勞工陣線方面主導，根據過去的工會法，以往這是不合法，戒嚴年代只有全國總工會被允許成立。

民進黨尚未執政前，與勞陣關係密切，當時勞委會政策方向與勞陣這邊比較接近，互動跟溝通密切，雙方都覺得「工時案」應該是可以先推動的工作。

民進黨執政後，勞委會原先想法，希望讓勞工政策的政績能跑出第一炮，幫新政府加分，一開始就針對「工時案」，密集與勞資雙方協商。

勞基法從一九八四年實施後，基本工時一直維持四十八小時，從未改變，民進黨政府上台後推動工時案就是希望有所改革，以造福廣大的勞工，而且放眼國際社會，除了中國之外，大概也已經沒有那個國家的法定工時像台灣這麼高。

改革的熱誠，讓勞委會覺得台灣應往這個方向努力，但勞資雙方當然有不同的思考方向，政府內的不同部會也自然會有不同的思維。

「在推動工時案的過程中，勞委會與經濟部經過多次溝通，也透過管道向經濟部表達，工時案是既定的方向，是行政院的政策，也是履行總統的政策。」勞委會官員說。最後行政院通過工時調降政策，並與全國總工會，全國產業總工會，工業總會進行密集協商，獲得各方同意，每週工時從四十八小時降到四十四小時。

豈料，執政期間反對工時下降的國民黨，才下台沒多久，想法卻有一百八十度的轉變，他們提出將每週工時降爲兩週八十四小時的提案，讓產業界大爲跳腳，讓新政府好不容易和勞資雙方取得的協調共識產生變化。

國民黨或許認爲反正下台了，大幅調降工時即使會使景氣已經低迷的台灣經濟雪上加霜、會讓更多產業挺不住、讓更多工人失業、讓更多家庭破裂，反正是民進黨要負責的。國民黨在「工時案」上「要五毛，給一塊」，先下手爲強，既取悅尚無失業危機的勞工，又可讓民進黨頭痛。這又是一個「拚天下」的思維，產業、勞工以及勞工的家庭出問題，活該倒楣。

國民黨內誰想到這一招，到目前爲止，還沒有人知道。

勞委會因此在這個案子上摔了一跤。

勞委會的官員回憶，有一次在立法院協調會上，勞委會主委陳菊親自出席，經濟部與經建會首長都未出席，僅由常務文官代表參加，當時的召集人是國民黨立委洪秀杜，她提出工時案可以比照公務人員休假，採取兩週八十四小時。

此議一出，在場參與協商的勞委會官員頓時傻眼，「慘了，怎麼辦？國民黨打出這個籌碼，讓勞委會陷入兩難，表面上這是更照顧勞工的政策，勞委會主委到底是要贊成，還是要維護行政院的既定方向？」

由於當場經濟部、經建會出席人員都沒有強而有力的反對，勞委會的立場又不能夠說什麼，怎麼辦呢？「我們當時跟主委商量，賭，賭國民黨就算要政治惡鬥，也不敢拿經濟發展當祭品。」

「我們認爲，國民黨過去與企業的關係良好，關係也還在，雖然失去政權，可是跟企業的關係還是要維持住，否則以後想要東山再起也有困難，所以我們當下就是決定與國民黨賭。」

「這個決定，後來發現判斷錯誤，沒想到國民黨眞的大搞政治惡鬥，犧牲國家的經濟發展。」參與協商的官員事後無奈的表示。

「我當時跟主委說，我們把球丟回去給他們，因爲國民黨提出一週四十二小時，勞委會立場不便反對，所以主委就講了一句話，『如果能夠更照顧勞工，我們樂觀其成』。」

這句「樂觀其成」，後來讓勞委會嘗到了苦果。

於是，國民黨立院黨團作成決議，將整個提案送到立法院，接著，民進黨立法委員也和勞委會一樣，陷入兩難。只有當時還是國民黨籍的趙永清跳出來說實話，他認爲「工時案」

既然已決定四十四小時，就不該馬上跳到四十二小時，否則對產業的衝擊實在太大。最後在民進黨立院黨團也不敢反對下，立法院通過了兩週八十四小時「工時案」。

行政院吃了啞巴虧，但整個事件還有後續。「工時案」通過幾個月後，有人向時任行政院秘書長的邱義仁建議，認為「工時案」這樣子搞下去，可能整個企業界都會受不了，行政院應該有因應。

在一次總統府「九人小組」會議上，國民黨立法院長王金平曾透過管道反應，國民黨這邊也不是眞的很贊成兩週八十四小時，因為他們也要照顧企業，這是始料未及，沒想到怎麼一下就通過了。

王金平的意思是整件事情是「擦槍走火」，因此他承諾，只要行政院提出翻案，國民黨這邊會支持。

行政院為了更周全，相信了國民黨的話。加上感受到企業經營的困難，工時案可能使企業出走外移的情況更加惡化，於是行政院決定翻案。消息一經媒體報導，引起了勞工團體的反彈，他們認為行政院翻案未跟勞工團體協商，於是連原本態度不是很強硬的勞工團體也得罪了。

「工時案」讓這些立場不同、利益也不盡相同的各種勞工團體結為一體，成立了「八十四工時大聯盟」，幾乎九大勞工團體，不分黨派、不分意識型態，全都因爲工時案而聚在一起。

行政院宣布「工時案」翻案，主要是受到立法院長王金平傳話影響，卻因爲未事先與勞工團體協商，而引起反彈，這時，國民黨縮回去了。

當時參與協商的勞委會官員指出，國民黨認爲並未和行政院簽字答應可配合工時翻案，而傳話的王金平後來態度也有轉變，他說行政院要翻案，一定要有能力先和勞工團體協商好，國民黨才有可能贊成，否則國民黨不會支持。

國民黨以此理由縮了回去，留下行政院去處理勞工團體的抗議。

勞委會期後展開與勞工團體的密集協商，但沒有結果，行政院在九人小組會議後正式提出覆議案，送到立法院也遭到失敗。

檢討起來，行政院在這個法案上兩面受挫，國民黨的杯葛和作對固然是主因，行政院的猶疑未定也讓國民黨有機可乘，最後形勢逆轉，覆議案又因在野黨作對而挫敗，不但勞工覺得沒有被照顧到，產業界也覺得政府沒辦法幫他們爭取權利。這是一個教訓。在政黨政治尚未成熟的國度，改革者是要付出代價的。

回過頭來說，執政了五十幾年的國民黨，在政權移轉後立刻改變對工時的態度，表面上看是爲了勞工權益，實質上則進行政治鬥爭，罔顧台灣經濟的長遠發展。如果過去國民黨主政時堅持工時不變是正確的，此際大幅降低工時就是不顧人民死活的謀略；如果降低工時是對的，則國民黨過去五十年的堅持工時，豈不更是對台灣廣大勞工長期的剝削與踐踏？

## 爲了一兩天，犧牲千百年

二〇〇〇年十月二十七日，剛就任閣揆不滿一個月的張俊雄，在行政院會中慷慨激昂，愷切指出續建核四廠面臨的六大難題，他在裁示核四停工時指出：

停建核四這個決定，現在雖然不能讓所有人滿意，但俊雄深切相信，以後當有一天，我們在面對自己的子孫時，可以驕傲的說：「我們曾爲台灣，勇敢的作出正確的抉擇。」

張俊雄的這個決定，早在民進黨拿到政權前，反核陣營與陳水扁競選的聯盟已經成形，當時許多環保團體參與陳水扁的政策白皮書擬定。大選投票前七天，陳水扁更簽署一份由反核團體草擬的連署書，矢言「立即終止核四廠興建，將核四廠包括鹽寮灣，變更爲台灣歷史文化和生物科學園區」。

二〇〇〇年九月十六日，陳水扁總統公開表示核四是一個「良知與安全」的問題，當月卅日經濟部長林信義向行政院長唐飛提出停建核四建議，十月三日唐飛以「健康因素」請辭，張俊雄在總統任命下，接下行政院長職務。新政府的反核態勢已經相當清楚。

前行政院長張俊雄

由經濟部長林信義主持的「核四再評估會議」，花了三個多月時間，每周五下午都有一次會議討論，直到深夜，這是一個相當慎重的決定，在一個公開的過程中所做的評估決定。對照國民黨時代的黑箱作業，是一個相當透明且慎重的方式。最後提出停建核四廠建議，並非只爲了滿足反核團體的主張，而是發覺，台灣的電力不是不夠，只是分配不均，也就是說，台灣電力的問題不在「發電」，而是「輸配電」問題，停建核四是一個爲台灣這塊土地長遠永續發展的考量。

林信義在主持「核四再評估會議」裡，與台電公司及各界專家多方研討，發現一九九九時，北區的電不足四百三十一萬瓩，中區剩餘三百七十一萬瓩，南區則剩餘三百六十萬瓩，整體而言還是多出三百萬瓩。（見圖）

以二〇〇〇年而言，台灣發電能量是二千九百萬瓩，可是台灣一年的用電是二千六百萬瓩，比起一年中夏天最熱那天的用電量是二千五百八十萬瓩，仍有百分之十二至十三之備用容量，而冬天用電量則約一千六百萬瓩，備用容量高達百分之四十五，台灣的問題出在哪裡，不是很明顯嗎？由此可見，台灣的發電量不是不夠，而是地區分佈不平均，只要中電北送、南電北送，或是分散電力供應，各地區自給自足，健全輸配電系統，根本不需要核四廠。

一九九九年尖峰時段，北區電力不足四百三十一萬瓩，主張蓋核四的人說，因為北區電力供應不足，竹科才會停電。問題是，竹科是屬於中區供電範圍，桃園龍潭以北才算是北區。竹科停電問題，不是因為電力供應不足，而是輸配電設施與品質脆弱。經過兩年的努力，將竹科輸電線桿改為地下化，並改善雙迴路供電，之後竹科由二〇〇〇年停電四十次，至二〇〇二年已減為七次，供電情形大為改善。

## 88年夏季台灣本島電力系統及負載配比圖

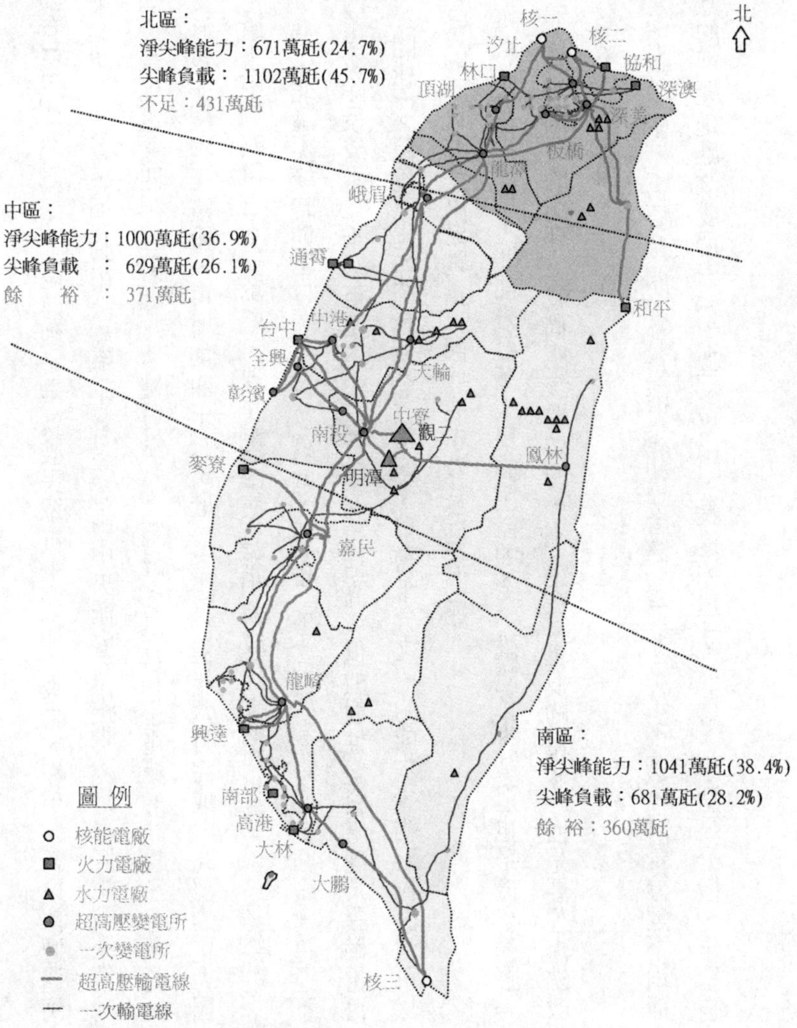
北區：
淨尖峰能力：671萬瓩(24.7%)
尖峰負載： 1102萬瓩(45.7%)
不足：431萬瓩
中區：
淨尖峰能力：1000萬瓩(36.9%)
尖峰負載 ： 629萬瓩(26.1%)
餘 裕 ： 371萬瓩
南區：
淨尖峰能力：1041萬瓩(38.4%)
尖峰負載：681萬瓩(28.2%)
餘 裕：360萬瓩
北
核一
汐止
核二
協和
林口
頂湖
深澳
深美
板橋
龍潭
峨眉
通霄
和平
中港
台中
全興
大輪
彰濱
中寮
南投
觀二
麥寮
明潭
鳳林
嘉民
龍崎
興達
南部
高港
大林
大鵬
核三
圖 例
核能電廠
火力電廠
水力電廠
超高壓變電所
一次變電所
超高壓輸電線
一次輸電線

當時北部有IPP獨立電廠，只是建到一半就被民眾抗爭停住，長生、和平、新桃都遭遇到阻礙，拖延未解決。政府立即動用公權力，警政署由中央派警察維護，讓這些電廠恢復動工，這又增加了長生電廠四十五萬瓩、新桃電廠六十萬瓩，以及和平電廠的一百三十萬瓩，經濟部後來又發包一個國光電廠，可增加四十八萬瓩，二〇〇三年六月完成。北部的電力因此大為改善，原來不夠四百三十一萬瓩，現在電力需求雖相對成長，缺口也僅三百多萬瓩。

想一想，為了北區尖峰時期不足的二百多萬瓩，要花二千二百億蓋一個核四廠，這還不包括未來核四電廠除役成本二千八百至三千三百億（包括高、低放射性廢料處理及設備折舊拆除）。如由民間建LNG（液化天然瓦斯）發電廠，只需十分之一的成本，約五百億就可以提供與核四相當的二百七十萬瓩電量，因此成本效益已很明顯。

「萬一核電廠如發生災變，北部幾百萬人民的生命安全，誰能負責？這也是後來朝野一致同意走向『非核家園』的道理。我們應該要做的，不是去蓋更多的電廠，而是要想辦法改善台灣電力分配不均的現象。」

林信義之所以主張不需要核四，就是清楚知道台灣電力並不是不夠，只是分配不均而已，電力供應的理念是應改變過去「大型、集中、長途輸送」，成為「小型、分散、自給自足」。

這三年來，政府還致力於規劃大潭四百萬瓩LNG發電廠的建設，二〇〇八年北部電力就可自給自足，這是新政府三年來的努力與突破。

林信義感慨地說，台灣是這樣，缺什麼就拚命建新的，以至於越蓋越多，其實需求已經滿足了，我們還是不斷繼續開發，這是不當的。台電在估計以後電力需求時，始終以每年成長百分之五至百分之六去估計。而林信義指出，已開發國家人民所得達到一萬三千元美金時，往後的十五年，他們的經濟成長及電力需求成長，根據調查，十個國家中每年只有百分之二點五至三點五，台灣的電力供應，為什麼要有每年成長百分之五至六的準備？根據這個道理，林信義認為台灣電力需求每年百分之五至六的成長是高估的。

而實際上台灣地區每年只有夏天最熱的一～二天用電會達到顛峰，在冬天的時候，只需要一千五百至一千六百萬瓩。為了一年中一～二天的顛峰需求，為什麼要長年準備這麼多的備載容量？「只要以隨開隨關的LNG發電取代二十四小時不能停止的核能發電，就可以彈性滿足夏天中午出現的顛峰需求。」林信義相信，這是一個更適合台灣電力供應的策略。從二〇〇〇年迄今，台灣電力的供給都是大於需求的，國民黨一直都沒有正確教育人民，一直到現在還是讓人民相信，台灣缺電。其實台灣根本沒有缺電，其實是輸配電出了問題，只要改善輸配電問題，加上增加民營電廠的興建，我們的供電問題就可以解決，蓋核四划得來嗎？

二〇〇〇年七月時，核四已花了九百億台幣，為了續建核四，很多人說錢已經花下去了，不建核四會賠更多錢。事實上，林信義算過，核四有二部反應器，共十八億美金，處理核廢料設備要二億美金，加起來是二十億美金，九百億台幣有六百五十億是花在這裡。二部反應器事實上已有某個國家廠商想跟我們買，二十億美金的東西預估可以賣個十四億，核四當時停建，也許賠個三百至四百億台幣；但若繼續建，一共要花掉二千二百億台幣，這還不包括除役成本二千八百至三千三百億。

這還是小問題。核電廠運轉四十年就要除役，除役有百分之十的錢要處理低放射性核廢料，百分之六十的錢要處理高輻射核廢料，百分之三十用在建築拆除，而土地要等輻射量減低才可以使用，三百年之內，核四那塊地都不能使用。四座核電廠運轉四十年，產生低放射性核廢料九十二萬桶（半衰期三十年，處理費用每桶一千五百元美金），高放射性核廢料七十三公噸（半衰期二萬四千年，處理費用每公噸一百五十萬美金）。核一、核二、核三的建設已經花掉一千六百五十億，核四要花二千二百億，共計三千八百五十億；加上五千至五千七百億的除役成本。

這麼算下來，我們是要停建核四，賠三百至四百億，還是要花五千億繼續興建及除役，還不夠清楚嗎？

## 國親想藉由核四案拿回政權

林信義至今都不後悔當初主張停建核四：

我不是因爲民進黨而主張廢核四，因爲我不是民進黨員，我是工程背景出身，我因爲擔任經濟部長，必須要爲此和台電人員討論，經過了解與資料分析，我建議說應該停建核四，後來因爲政治因素續建，至今我仍背負這個原罪，可是我不後悔，我認爲這才是符合良知與專業的判斷。

民間反核運動推動了十多年，核電的後遺症在野黨並非完全不清楚，否則在核四事件後，朝野也不會一致同意未來走向「非核家園」，在電力供應足夠的前提下，逐步廢除核一、核二、核三廠。但可議的是，既要走向「非核家園」，爲什麼我們還要續建核四，繼續核能發電四十年，這不是很矛盾嗎？

原因就在於停建核四問題，不單純是經濟或電力供應問題，而是政治問題。國親兩黨充分地利用這個機會，對執政黨窮追猛打不說，最後竟出人意表地衍生出罷免總統與倒閣風波，嚴重衝擊新生的民主體制。這無疑是「拚江山」的續集。

爲了避免政治僵局持續，行政院與立法院一同「對簿公堂」，將核四案交由大法官會議裁決。二〇〇一年一月十五日，大法官釋字五二〇號解釋提出，認爲行政院宣布停建並不違憲，但有「程序瑕疵」，「須儘速補行報告及備詢程序」。

根據五二〇號解釋，張俊雄必須到立法院報告，結果在野的國親兩黨全力阻擋，經過朝野協商，民進黨讓步，二月十三日行政院與立法院簽定核四復工協議書，結束三個多月來的政治動盪。

張俊雄說：「這個解釋是一個新的憲政秩序，已不是行政權能夠掌握主導，當時在野黨在國會擁有絕對多數，大法官解釋出來，我若繼續停建，行政院會落進在野黨杯葛有理的情況，因爲行政院不把大法官解釋放在眼裡，爲所欲爲，在野的杯葛更會認爲理所當然，甚至他們提出總統罷免，都可能會變得有理，因爲人民會認爲行政院蠻幹。」

經過時間的沉澱，現在更理性的去衡量當時的決策，張俊雄只能感嘆，當時政治的理與力，都不足以支持停建下去。而這是少數執政的困境，張俊雄認爲核四案在法律上絕對站得住腳，畢竟他是完全依據法的立場，後來的大法官解釋，不是他所能掌控，只有尊重。張俊雄說：

即使後來宣布續建，但我始終認為，我從來沒有背棄放棄民進黨的反核理念，立法院曾要求我道歉，但我是依法行事，我拒絕道歉，甚至查封我的財產，我也在所不惜。

大法官會議解釋一出，核四復工，反核團體多年努力功虧一簣，而國民黨則因為此役成功，更加振奮，以為擁有了對抗民進黨的本錢，導致其後國會的紛爭接踵而來。

問題是，沒有核四案，國民黨就會支持執政的民進黨嗎？張俊雄不這麼認為，「他們要的是政權，二〇〇〇年對國民黨失掉政權，他們志在拿回政權，所以為什麼要杯葛？因為只有這樣，才能讓政府搞壞，才容易取得政權，這才是目的。」

## 農漁會信用部的問題在哪裡？

國民黨執政留給台灣人民的包袱，不只有核四一項；基層農漁會信用部逾放比的惡化，也絕對值得歷史記上一筆。

自一九九〇年代開始，由於金融市場自由化及國際化程度日深，金融業的競爭激烈，信用部在農村經濟復甦相對遲緩，以及組織體制缺點等影響下，競爭力逐漸下降，面臨市場佔有率下降、獲利能力衰退、資產品質惡化、風險承擔能力薄弱等經營危機。

一九九六年起，國內陸續爆發多家信用合作社及農漁會信用部違法超貸及內部舞弊案件，不僅影響國內金融穩定，也使社會付出龐大處理成本，各界因而對於政府應立即著手改革基層金融機構，安定國內金融環境，期許殷切。

從農漁會信用部逾放比的上升來看，就會知道問題嚴重。一九九六年，農漁會信用部逾放比還只有百分之八點五二，其後卻一路攀升，由一九九七年百分之十點八，一九九八年百分之十三點一五，一九九九年百分之十六點一八，到了二〇〇二年六月更是升高爲百分之二十一點四四。問題持續惡化，新政府看在眼裡，儘管知道問題複雜，也無法坐視不管。

信用部是維持農漁會生存的命脈，但前提是信用部要能賺錢。早期信用部在金融保護時代是很賺錢，對於整個農村經濟有很大的幫助，這是信用部當時的貢獻，問題是現在環境變了，很多農漁會信用部都不賺錢，不僅對農會沒貢獻，反而是負擔。

除了金融環境不如前之外，另一個因素則是一九七四年農漁會法修正，廢除股金制又開辦了贊助會員放款，使合作主義精神及服務農民之宗旨產生根本的質變，本來農漁會放款對象，只限農民，後來則連贊助會員也可放款，造成農漁會信用部逾放比的大幅增加。

對利害關係人放款是另一個問題。「沒有一個農會，沒有一個金融機構，對利害關係人過度放款最後不會完蛋的，沒有，沒有這種機構。」一位金融主管痛心地指出。

這些利害關係人最主要就是內部人員，理監事、總幹事，及他們的親戚朋友和這些家人，信用部的虧損主要關鍵點在這裡。一九九三、一九九四年，桃園縣中壢農會與屏東縣鹽埔農會發生嚴重擠兌，問題也在這裡。

此外，農漁會信用部的基本設計，本來是要做農漁民的放款，農漁會與當地的農漁民本來就很熟，你家養多少隻豬、多少隻雞？何時要回收，稻子何時收成，清楚的不得了，不用靠很多書面報表來徵信，馬上就可知道。因爲熟悉，而且又都是小額貸款，問題就不大，對農漁民也相當方便。

但農漁會如果做外縣市的擔保品，甚至與建築界發生關係，以現有農會信用部的狀況，根本沒有這個徵信能力，加上總幹事都是選舉產生，甚至成爲其他政治人物的大樁腳，或者自己成爲民意代表，放款很容易就出問題。前屏東縣立委郭廷才掏空東港信用合作社案，就是這樣來的。前行政院長張俊雄當時在處理卅六家體質不良的農漁會信用部時，起訴了三十件掏空案，繼續偵辦的也有二十七件。

對贊助會員以及利害關係人放款、承做外縣市的擔保品，這三個合在一起就是農漁會信用部的致命傷。根據金融局統計，所有出問題的農漁會信用部都離不開這三項因素。

國民黨時代的農漁會政策，是放任管理上的漏洞百出，目的是要維繫以農漁會爲主力的地方勢力，成爲其政治的附庸與選舉工具。過去的選舉，國民黨在地方層級選舉永遠比中央層級的成績好，道理就在這裡。

也因爲政治考量，國民黨舊政府當然不會認眞處理基層金農問題。發生問題了，地方政府不敢處理，就往中央報告，中央接到問題就發函給地方政府，要求好好監督處理；要不然，就是用鴕鳥手段，把中壢農會交給省農會，鹽埔農會交給屏東縣農會，「挖東牆，補西牆」。以省農會承受中壢市農會爲例，一九九六年十月承受之初，該農會逾放比爲百分之八十七點四，帳面淨値爲二十四點七億元，二〇〇二年金融重建基金處理前，該農會逾放比仍達百分之八十九點九，帳面淨値虧損則擴大爲五十三點六億元，最後仍須由金融重建基金處理，並賠付金額達五十三億四千萬元。

這些錢來自國庫，是人民納的稅金；放任問題的惡化，就等於是在浪費人民的血汗錢。

## 全心全力改革基層金融問題

「行政院金融重建基金」的成立，主要源於民進黨執政時，正好面臨世界性經濟不景氣，失業率上升，為了解決此一問題，陳水扁總統特別召開「經濟發展諮詢委員會議」，針對就業、投資環境、兩岸經貿、產業競爭力與財政金融等五大議題，分為就業、投資、兩岸、產業與財金等五個組討論。幾經折衝努力，最後達成三百二十二項共同意見與三十六項多數意見。其中相當重要的一項結論是「金融改革」，包括推動「金融六法」、「整頓基層金融」、「鼓勵金融機構合併與異業整合」、「建置興櫃股票市場」。

共識當中，「整頓基層金融」一項最為棘手，涉及了各縣市農漁會信用部，行政院除了要兼顧存款人的權益，還須面臨其背後政黨操控的反撲。但金融健全是經濟發展的根本，為了台灣的競爭力，新政府不得不站上火線。

行政院先於二〇〇一年七月成立「行政院金融重建基金」，加速處理經營不善的金融機構，首先調查體質農會不良農會，當時以三十六家體質不良的為限，包括七家信用合作社、二十七家農會信用部、二家漁會信用部，希望金融改革衝擊降到最低，並將農漁民及農漁會信用部切開，一方面修改存保條例，取消負責上限為一百萬，由政府負無限責任，防止擠兌；另一方面取得完善農會信用部農民的支持。

到了同年十一月，行政院動用「金融重建基金」，填平七百七十二億元的淨值缺口，避免擠兌，讓基層金融秩序回歸正軌，保障存款人的權益，同時開始對掏空農會追究刑責，總計有三十二家五十七件，共起訴三十件，繼續偵辦二十七件。

當時卅六家農漁會信用部，一天約四千萬的虧損，政府若沒有處理好，一年差不多就要多損失二百多億，而且每天都在損失，並不是只有今天損失，明天就會賺回來了。

有了這個經驗，農委會及其他部門單位都覺得這個教訓實在夠大了，認爲農會沒有能力解決農會自己的問題，連省農會也不能解決底下的一個小農會的問題，財政部在訂「金融機構合併法」時候，連想都不敢想由農會去接管農會，甚至連想法都不敢出現。

後來立法院通過金融機構合併法，其中明訂可將不良農漁會信用部讓給銀行，畢竟銀行比較大，有很多的資產，即使虧損的信用部，銀行接了之後，至少有能力去cover掉。

但即使如此，一位金融主管坦承「當時這個想法也是不得已，因爲由銀行合併信用部這個理念，也可能有問題，但在沒有辦法的情況下，只能這麼做了。」

金融機構合併法之後，就是金融六法，其中包括金融機構控股公司法、重建基金條例等。如果信用部倒了，要如處理呢？行政院後來又提出「行政院金融重建基金」的條文加了進去，規定金融重建基金要優先處理基層金融機構。

從這些脈絡，我們可以看到新政府如何積極努力，想盡辦法改革農漁會信用部問題，新政府揚棄舊政府時代公文旅行的陋習，積極任事。在銀行接管卅六家農漁會信用部時，雖然有一些抗爭，但基本上仍算平順，但後來卻逐漸遭到更大阻力，最後演變成農漁會發動民眾上街，則是始料所未及。

爲甚麼政府處理農漁會信用部時，想盡辦法保障農漁民存款、維護農漁民權益，農漁民還是要走上街頭呢？這有跡可尋。

其一，由銀行接管農漁會信用部，銀行的員工原本和農漁民缺乏接觸，需要一段博感情的時間，但遭到處理的農漁會負責人卻開始放一些聲音出來說，銀行沒有信用部時期對農民好，放款也沒有以前方便。

第二，農會其他部門，以前用錢方便，只要從農會信用部那邊拿過來就可以了，現在信用部沒了，其他部門就覺得很不方便，於是又把這個問題轉變成對農漁民的服務變差，原來只是處理信用部問題，卻被轉爲農漁民的服務問題。

政府處理卅六家體質不良的農漁會信用部，費盡苦心，爲了將金融改革的衝擊降到最低，還制定行政院金融重建基金設置暨管理條例，將原來存保條例規定之保障上限一百萬取消，由政府負起全部保障責任，以預防民眾擠兌，並取得農漁會信用部的存款人支持；政府也將農漁會和信用部切開，農漁會仍然繼續存在，農漁會的補助項直接由政府負責。

## 街頭十萬農漁民背後的政治力

想不到中央銀行的一篇建議報告，意外點燃了農漁會組織自救會，發動農漁民北上遊行的火花。

二〇〇二年一月，中央銀行向行政院提出「第二波基層金融機構重整問題」報告，建議對於農、漁會信用部調整後淨値爲負數者，宜先儘速予以「郵儲化」（即禁止承作放款），然後再撥用金融重建基金，彌補其虧損後，併入全國農業銀行處理。

農漁會自救會的成立，以及自救會發動

「一一二三與農共生農漁民大遊行」在台北舉行，大批遊行隊伍持訴求標語在凱達格蘭大道聚集。

的「一一二三大遊行」，就是肇因於這個報告。

財政部接獲行政院轉來中央銀行報告後，於同年三月向行政院提出「基層金融機構體制調整問題」報告，對調整後淨值爲負數者之農、漁會信用部郵儲化問題，該部認爲，已承作之放款不可能立即收回，充其量僅能限制其不得再辦理新增放款，農委會則於四月提出意見，認爲應推動農漁會信用部「分級管理」，並以逐步縮減放款規模方式，達到郵儲化目的。

接著，五月十五日，行政院邀財政部、農委會、中央銀行等研商「農漁會信用部改革方案」，獲得以下共識：

一、對於農漁會信用部調整後淨值爲負數者，應由行政院金融重建基金加以處理。

二、對於農漁會信用部淨值爲正數者：

1農委會與財政部應運用各種政策工具，促使農漁會以信用部作價方式新設銀行或投資銀行。

2農委會應即修正農漁會法，並增訂落日條款，協助農漁會信用部限期轉型。

3農業推廣政策所需經費，不宜再由農漁會信用部盈餘提撥，應由農委會編列預算支應。

行政院為加速基層金融改革，又在「行政院基層金融改革專案小組」下設「基層金融工作小組」，該小組於七月成立，亦就農漁會信用部實施分級管理措施達成決議。財政部於是在二〇〇二年八月二十二日依農漁會信用部逾放比率高低，對全國農漁會發出實施分級管理措施的公文。就是這一紙公文，燒出農漁會抗爭的一把火。

事實上這個措施實行後，逾放比超過百分之二十五的農漁會信用部家數，八月底原有九十一家，至十二月底即降為六十家；當年十二月底全國農漁會信用部之逾期放款金額，較八月底減少一百四十六億元。成效已經出來了。為了讓農漁會對會員的服務不過份倚賴信用部，農委會也提供三年的振興計劃補助農漁會。

但是對農漁會來說，似乎認為用錢沒有過去方便，加上對於「分級管理」新制缺乏認知，於是開始有人居中串聯，並且開始在農漁村散播「銀行接手後，對農民服務不夠」的說法。

農漁會展開串聯之後，國民黨當然沒放棄這個見縫插針的機會，過去長久以來農漁會就是國民黨打選戰的重要組織之一，現在農漁會反彈了，國民黨認為機不可失，也開始在背後運作。

財政部或許在處理信用部的過程中，完全沒有預料到政治力的介入遠遠超乎想像，使得原本要保護農漁民存款及改革農漁會信用部的分級管理措施，但終究難敵農漁會串聯的力量、難敵其後國民黨在農漁村散播的耳語的影響。

一個費盡苦心、有意義的改革，方向與作爲本來都是正確的，卻因爲政治力介入而被扭曲了。「十萬農漁民走上街頭」，因此由南到北串連開來。

在串聯過程中，雖然國民黨在被背後運作操控，事件仍未受到矚目，直到李登輝前總統跳出來說，政府這樣做形同「消滅農會」之後，農漁會自救會變找到了抗爭的支點，整個抗爭的基調突然被拉高了。

先前的串聯，大都著重在農漁會服務沒有以往方便，或者對接管人員不爽，或是對「分級管理」不認同，但這些道理，純樸的農民不容易聽得懂，「消滅農會」這句話則淺顯易懂，媒體又推波助瀾，終至於一發不可收拾。

雖然當時領導農漁會抗爭的是所謂「農漁會自救會」，領導者是「中國農訊協會」理事長林錦洪（也是台北縣農會總幹事），但幕後操控者則是國民黨地方黨部和民眾服務分社，國民黨向自救會獻策，一要善用「尊李情節」，表示尊重李前總統，咬死民進黨，讓民進黨無法翻身，另一方面，則全台動員農漁會抗爭。

## 政治惡鬥讓事務官倍感挫折

民進黨內見局勢緊張，部份黨內人士，尤其是南部五縣市首長，他們認爲，政府一定要表達善意，農漁會問題是溝通不良，農民被誤導，只要好好溝通，應該可以將局勢穩定下來。他們向阿扁總統建議，要暫緩「分級管理」措施，在這種情形下，新政府沒有辦法不在遏止即將爆發的政治鬥爭和實踐改革理念中做出抉擇。在南部五縣市首長的建議獲陳總統採納後，行政院於是在十一月十九日「忍痛」宣布農漁會信用部「分級管理」措施暫緩。

改革，一定要做；但爲了一項改革動搖了政局的穩定，甚至延誤其他重要政務的推動，這其中的社會成本也必須計算。

但無法閃避的，此一政策轉變，又和「工時案」一樣，遭到外界抨擊，使得政府兩面都不討好，既使民進黨改革形象打了折扣，又讓在野黨找到藉口，而農漁會自救會反而受到鼓舞，加強動員，南部五縣市農漁會也決定如期北上。

農漁會事件對民進黨與社會的震撼力，實在不低於之前的「工時案」。但拋開對民進黨的傷害不談，這場「血淋淋」的鬥爭中，受傷的還有事務官。

參與農漁會事件協調的官員，對於這段過程感慨良多，他說：「這個事件的複雜程度，如果眞要寫的話，眞是字字血淚，可說是一件血淋淋的政治操作。」

「當一個事務官，上面若不做，最好，我們不必那麼忙，但國家會爛掉。」一位金融主管強烈感受到民進黨政府對金融改革的用心。「改革是行政院重要的政策，不僅農漁會基層金融的改革，包括銀行、保險、金融犯罪防範等問題，游院長都殫精竭慮，企圖齊頭並進加以解決。」

他說，游院長對整個金融改革的用心，總希望多做一點事情，這點讓他感受很深刻，遭遇到農漁會事件這樣的困擾，這是一種遺憾。

這個遺憾在立法院審查財經六法的臨時會後，暫時告一段落。游院長的「閣揆之怒」，促使立法院在強大壓力下通過了「農業金融法」，長久以來付之闕如的農業金融架構終告建立，連李登輝後來都忍不住稱讚說，自己當國民黨主席十二年都沒辦法做到，「沒有比這個政府更照顧農民的了。」只是這遲來的佳音，並不是建立在理性政治的基礎上，而是新政府在槍林彈雨中殺出的一條血路。

如果政府對於每一項公共政策的實踐，都必須像工時案、核四停建、還有基層金融改革一樣，繞過在野黨搬到路中央的石頭迂迴而行，那人民付出的代價，未免也太高了。

# 第四章
# 法案墳場

三年多來，民進黨政府一路走來，批評、鼓勵聲從未間斷，但因立法院朝野黨團間持續內鬥，不僅影響到民進黨政府執政的效能，也同時影響國家整體競爭力。而立法院小則阻卻、大則杯葛，在朝野角力、選舉佈局考量下，一場又一場藍綠對立的表決戰，已使理性論辯的空間，完全喪失。

在野黨選前說一套，選後做一套；選前承諾的，敗選後就不算數了。連執政黨執行他們在朝時的政策，都可以加以踐踏，這豈是追求民主進步的台灣人民所樂見？這又算哪門子「忠誠的反對黨」？

政黨輪替之後，在野黨最常批評執政黨的「有力」證據，就是經濟衰退，這是事實，但是不是因爲政黨輪替所造成？朝野也許各有見解，不過有一個事實，在野黨在民進黨執政後，對台灣經濟的貢獻，不但沒有加分，阻擾經濟進步的努力，倒是貢獻了不少。

「工時案」是在野黨讓台灣經濟雪上加霜的第一件大功勞，「財經六法」的修法，算是另一個重要傑作，幸好行政院長游錫堃一席痛批立法績效低落後，要求在野黨領袖應「給台灣人民一條出路」，而不是把國家、民眾的利益當成賭注與籌碼的談話，方才稍許扭轉頹勢。

## 在野立法牛步化，拖延全民拚經濟

在野黨透過立法院杯葛經濟方案，從張俊雄擔任行政院長以來就從未間斷過。民進黨甫執政期間，正好碰到國際景氣衰退，經濟學者多認爲應該要擴大政府投資，當時行政院希望能提高舉債上限，將建設留給後代子孫，創造就業機會、提振景氣，反對黨卻以「不要債留子孫」爲理由反對，如果當時能適時擴大公共投資，台灣景氣的復甦應該會更快一點。

接著，行政院爲了幫助地方建設，編了一百六十四億預算，在野黨雖然勉予通過，卻又藉口「預防綁樁」，必須要立法院委員會通過才能動用，行政院會計部門相關單位先後八次報告，在野黨不准就是不准。

大部分國家，經濟不好時，執政黨選舉很少會贏的，國民黨也許算準了這一招，因此極力杯葛，只不過千算萬算，從未算到二〇〇一年底立法委員選舉，民進黨打出「在怎麼野蠻，也不該刪預算」的選舉廣告，獲得民眾同感，民進黨大勝，成爲國會第一大黨。這筆經立法院通過卻不能動支的一百六十四億預算，直到預算年度終結後第二年，才獲得國會同意動支。

與張俊雄時代預算遭到在野黨惡意杯葛的，是游揆上台後提出的二百億公共服務擴大就業方案。

游錫堃感慨：「我上任以來，從立法院本屆第一會期開始，整個立法院的立法效率常常因為少數政黨或是幾個人就杯葛整個進度，例如中央政府總預算案從未如期通過，國營事業預算案更是年年拖延審議。」

九一年度中央政府附屬單位預算營業及非營業部分，未及於二〇〇一年年底完成審議，第五屆第一會期國營事業及非營業基金預算審議成了立法院的重頭戲。無論預算審議的過程，或者朝野協商會議，國、親兩黨不停地以人數優勢作為後盾，民進黨黨團不僅協商時毫無置喙餘地，且須面對在野陣營揚言關閉協商大門的恐嚇、動輒要求表決的困境，民進黨團竭盡所能，委屈求全，以求國營事業能順利完成三讀為最高原則。

最無奈的是，在野陣營針對台灣高速鐵路公司，提出一連串不合事實且不合法理的批評及提案，黨團被迫以表決方式處理相關提案。

幾次表決，民進黨團多數時刻屬於劣勢，但在野黨所做關於高鐵公司的六項提案中也有一半以上提案未獲通過，這不但凸顯在野陣營挾其優勢，對一家合法民營企業進行個別報復的不合理現象，也使在野黨烙下以意識型態杯葛重大經濟政策的印記。

預算杯葛，讓行政院許多計畫動不了，法案杯葛則阻礙了未來的經濟發展，引起行政院長游錫堃發飆的「財經六法」是國人印象最深刻的例子。

所謂「財經六法」，指的是「金融重建基金設置及管理條例修正案」、「自由貿易港區設置及管理條例草案」、「兩岸人民關係條例修正案」、「農業金融法草案」、「金融監督管理委員會組織法草案」、「不動產證券化條例草案」等六項法案，這六項法案不但在急迫性上具有全民的共識，這些法案的立法進程也會對台灣整體的投資環境、對外資產生一定的參考作用。

游揆之所以高分貝批評立法院「立法怠惰」並非無的放矢。行政院若得罪立法院，從來都沒有好過的，甚至可能因爲公開批評，而使下會期法案更難通過，但若按照立法院每一會期通過的法案來看，即使游揆沒批立法院，下一會期就一定會比較好過嗎？下面的數字可以供國人參考。

第五屆立法院第一會期共通過一百三十六案，第二會期通過八十四案，第三會期通過三十一案，從第一會期到第二會期減了五十二案，第二會期到第三會期再遞減五十三案，按照這個等差級數，立法院下個會期通過的法案會增加？

而且第五屆立法院第三會期，庫存未通過的法案還有三百二十案，只通過三十一案，加上廢止案共五十三案，通過的只占六分之一，這不是「立法怠惰」是甚麼？

行政院副院長林信義舉經發會爲例，依照經發會決議，共達成之三百二十二項共識、六百七十項應辦事項，就目前執行狀況而言，除了在法律修訂方面五十九案只完成立法四十一案，進度為百分之六十九外，在行政院主導的行政命令增訂與行政措施執行方面，都已達到百分之百的執行成效。

而在第五屆立法院第三會期中，行政院共送至立法院一百零六案的優先法案，最後只通過了十六案，完成率僅百分之十六，立法院拖延「拚經濟」法案的推行「顯而易見」，而這也引起外資對我國是否將延緩改革步調，多所疑慮，美僑商會甚至發佈新聞稿，對立法怠惰提出嚴厲抨擊。

民進黨黨團總召柯建銘對於泛藍杯葛立法過程，也忍不住說，民進黨執政三年，國民黨及親民黨已成為「阻力部隊」，任何屬於「拚經濟，大改革」，可以提高國際競爭力的法案，在立法院中都遭到國、親在朝野協商中，以「惡意缺席」來封殺。他說，連宋兩人根本就是在抒發落選後的怨氣，只會講一些民眾「望治心切」的話，這三年來，他們對台灣的願景提出過什麼建議？

柯建銘說，第五屆第三會期一個財經法案都沒有過關，國親立委只會杯葛，光是一個金融重建基金條例，在程序委員會上就杯葛七次，好不容易排進議程，朝野協商時，他們又不來，對改革法案總是惡意缺席，就連不相干的法案都可以拿來互相抵制。

## 誰在傷害台灣？誰在幫助台灣？

柯建銘相當感慨，他擔任四屆立委了，往年都只有選舉的那個會期才沒有延會，但這個會期大家竟提早放暑假，立委到處「趴趴走」，希望國親兩黨能把立委找回來，到立院進行辯論，好讓全民看看，究竟是誰在傷害台灣？誰在幫助台灣？

林信義也有感而發指出，「政府改革的腳步，不能因外在因素而有任何遲滯，因爲別的國家不會因此而減緩和我們競爭的速度。」

的確，以財經六法來看，這關係台灣未來數十年的經濟發展，財政部長林全指出，「行政院金融重建基金設置及管理條例」草案若未能及時修正，將增加未來不良金融機構處理成本，如中興銀行每拖一天，處理成本即增加四百萬元，再加上高雄企銀問題，每個月將增加二千億六千萬的成本。而且將延緩產業及整體經濟發展，也影響國際對台灣金融的評比。

農委會主委李金龍表示，爲了解決農漁會信用部問題，經各黨派協商草擬的「農業金融法」，在朝野攻防戰中敗下陣來，該法案懸而未決，將影響基層農漁會的金融改革，且近年來全體農漁會信用部逾放比率過高，虧損也超過新台幣十七億元，若不明確規定信用部門的運作，適放金額將由全民共同承受，農漁會的經營將更加困難，同時農業金融體系無法健全運作，影響農民存款權益，耗損政治與社會成本。

至於「自由貿易港區設置管理條例」草案，經建會副主委何美玥指出，攸關台灣是否能掌握活絡港口、機場相關營運效益的良機，也突破現行保稅倉庫不能從事高附加價值加工的限制。這項法案的延宕，將使得台灣未來面臨亞太鄰近國家積極設置自由貿易港區的挑戰，情勢將更為嚴峻，因為外商來台投資物流園區，就等法案通過，而且外商投資動輒上百億元，如果法律未通過，將存在不確定因素，外商資金不可能會進來。

此外，在全球各港口貨櫃吞吐量排行榜，台灣原本居世界第三，但前年被南韓釜山擠下來，去年又被上海趕上，目前退居第五名。如果自由貿易港區條例不能通過，讓港區貿易便捷適度鬆綁，則台灣只有眼看商機流失。同時，也會影響民間參與機場及相關建設的投資意願。

「兩岸人民關係條例」修正尚未通過前，親民黨立委馮定國因為要求台灣船舶、航空器及其他運輸工具赴兩岸不須經政府「許可」等「喪權辱國」的條件，在未得到陸委會同意下，因而杯葛法案，每場協商會議都出席的陸委會主委蔡英文，為此還「氣得差點流淚」。

「不動產證券化條例」，主要是希望使目前由建築公司等持有的不動產，移轉予受託機構再經由證券化的形式，轉爲「動產」，由專業機構進行管理經營，讓不動產市場更加活絡，並充分運用。因此該草案明定發行不動產受益證券機構以信託業爲限，受益憑證得申請上市上櫃，受益證券交易可免徵證交稅，將使不動產業者、不動產投資者以及金融機構都受惠，不動產業一向被視爲是振興景氣的火車頭。如果這項條例不通過，將難以迅速有效活絡不動產市場。

「金融監督管理委員會組織法」草案，目標在於有效整合銀行、證券、期貨及保險等金融業的監理事權，改善目前金融管理制度行政管理權集中在財政部，金融檢查權分屬財政部、中央銀行及中央存款保險公司，金融檢查權與行政管理權分離，可能影響金融監理效能的弊端，以加速促進金融市場的發展。

「金監會組織法」主要是希望把目前多頭馬車式的金融監理重組成獨立公正一條鞭體制，爲期獨立、公正、超然；主任委員一職計劃採任期制，以減少包括立法委員在內的各方干預，而部分委員也擬由各政黨依比例推舉；而成立之後，將把目前由財政部金融局、保險司、證期會、央行金檢處等分別監理的多頭馬車體制加以統合，以期能適應目前金融控股公司分別配備銀行、保險、證券、信託等跨業經營的體制，能得到完整的監理，而不致成爲金融怪獸；但由於金監會主委位高權重，且採任期制，在野黨擔心現在通過，萬一明年政黨又輪替執政，將讓其他黨的人監理所有金融業，影響太大，因此寧可先擱置草案。

## 立法院已成爲「法案墳場」

行政院在立法院老是吃鱉，主因當然是在野黨控制著立法院，特別是泛藍陣營把持立院程序委員會，由於程委會所處理事項，影響立法時程事關重大，而泛綠陣營在程委會又勢孤力單，除非用交換法案方式，否則很難確保官版或黨團提案安全上壘。

程序委員會職權，包括審查各種提案手續是否完備，內容是否符合本院職權之審定，併案與否，討論時間分配，政黨與個人質詢時間分配、院會所交與議事程序有關之問題，以及人民請願之審核、移送、函復及通知等。

行政院官員於立法院備詢

就法案而言，如果無法在此付委審查，或遭杯葛無法交院會處理，將難逃躺在冷凍庫的宿命；而運作中如因立委意見不合，或在野痛下殺手，也讓程委會頗像「法案墳場」。

立院第五屆第三會期，在三十六席程委會中，國親兩黨佔了半數，加上關鍵性的無黨聯盟（林炳坤為程序委員），藍綠人數比例十九比十七，在運作法案上，藍營確實較佔優勢。

熟悉立院議事的立院官員表示，「程委會決定法案的命運，各陣營實力如果無法在程委會展現，就有可能動彈不得。」

例如包括羅文嘉七度闖關失利的廣電三法草案，以及政黨法，政治獻金條例等陽光法案，或者成為朝野交易的標的法案，或者成為國親杯葛的著名祭品，都為這樣的運作私下感到扼腕。

程委會的重要性，民進黨乃至整個泛綠陣營並不是不了解，只是整體席次不如泛藍，只能退而求其次，在朝野協調之後，為爭取委員會多一席召委而讓掉程序委員，以掌握審查過程「排法案」的主導權。

但這樣的思維，雖然能在委員會中主導審查，取得優勢，但國親還是有辦法在程委會中逕行逼退。因為，雖然委員會的討論的確更為實質，但程委會所有的變相「否決權」（veto power），使得不同勢力的刁難成為常態。例如無黨籍聯盟就老是以離島條例之類的爭議法案，要求和綠營互惠，就算林炳坤願倒向綠營，雙方也多半拚個平手，民進黨的法案最後也只能鎩羽而歸；而個別程委發飆，綠營自己卡自己也時有所聞，包括農業金融法、公投法草案、金融重建條例，不只泛藍大有意見，也有少數民進黨籍的程序委員藉機放水，或變相勒索自己人，好換取自己的提案排入議程或併案審查。

如此朝野對立的程委會生態，隨著選舉到來，衝突更加深化，立院吵鬧不休，使得議事經常空轉。

在這種朝野對立情勢下，使得行政院推動的「拚經濟」出現綁手綁腳的情形，後經民進黨團提出召開臨時會，專門審議「財經六法」，希望各黨派能凝聚共識，儘速讓法案通過，相關部會首長也不斷逐一向立委說明法案的重要性，事情才有了轉變。

原本臨時會的朝野角力議題僅限於「財經六法」，但在扁政府接續拋出辦理諮詢性公投的主張後，「公投立法」瞬間成藍綠陣營角力的新焦點，也牽動臨時會確定召開的命運。

綠營原擬藉由行政命令逕行舉辦核四公投，一方面卸除林義雄千里苦行推動核四公投對扁政府的壓力，此外也可藉此凝聚基本支持者的動員能量，有助於總統選情。

泛藍陣營基於總統選戰考量，最後決定在公投議題上「反守爲攻」，表面上，在野黨主動連署要求召開臨時會審議公投法草案，並以支持蔡同榮版本交付院會處理爲原則，意圖製造民進黨的內部矛盾，搭建民進黨切割統獨公投條款的「現形記舞台」，實則有以「公投法」爲手段，技術性杯葛「財經六法」的圖謀。

立院臨時會於二〇〇三年七月八日開到十日落幕，除在第二天完成三讀的「不動產證券化條例」外，十日晚上在朝野爭辯公投法草案是否表決的嘈雜聲中，「財經六法」共三讀通過另外三法，包括「農業金融法」、「行政院金融監督管理委員會組織法」、「自由貿易港區設置管理條例」等四件財經法案。

至於公民投票法草案、兩岸人民關係條例修正草案及行政院金融重建基金設置管理條例修正草案等三件法案，因朝野歧見無法達成共識，臨時會並未進行審議。

## 泛藍拿公投當武器自砸痛腳

原本「公投法」是泛藍故意用來牽制臨時會的利器，並非誠心推動，另一方面則因爲民調一再顯示多數民意支持公投立法，也樂於以公投解決重大政策爭議，讓泛藍不得不策略性的應用，改變過去反公投法的頑固態度，換上貼近民意的假面具，以迎合選民的心意，支持公投儘速立法。

但在臨時會召開後，國親一遇到「正港的」蔡同榮版公投法，卻採取退卻的姿態。因爲在朝野進行公投法協商時，民進黨原本準備撤案等到四個月後再表決，但是國親則揚言要表決，並要民進黨表態究竟支不支持蔡同榮「完整版」的公投法，在國親堅持表態下，民進黨團終於同意支持蔡同榮版，連同台聯黨團都簽字之後，此時，國親黨鞭卻突然抽腿，不願在蔡同榮版的協商結論上簽字。

國親大概沒有料到，民進黨挺蔡同榮版原來就是最後底牌，只好發起更強的攻勢，而在十日晚上立院馬拉松協商各項法案時，使得藍綠衝突達到高潮。

原本國親當初口口聲聲說，支持召開臨時會是爲了審議公投法，不料民進黨玩眞的，順水推舟支持國親的提案，這使得國親所謂支持「原汁原味」、「一字不漏」的蔡版公投法立即露出馬腳。

公投法最後因國親抽腿未能過關，卻因此讓全國民眾了解了泛藍拿類似公投當武器的做法，目的都只爲了杯葛執政黨的法案。

「財經六法」雖然過了四法，但被視爲我國金融改革重要指標的「行政院金融重建基金設置及管理條例部分條文修正草案」，由於親民黨拒絕再協商，無法在臨時會完成修正，即使財政部長林全、金融局長曾國烈十日晚上特地前往立法院，拜會立法院長王金平，試圖力挽狂瀾，拜託召開協商，仍無法鬆動親民黨的態度；進行多次協商的兩岸關係條例修正草案，也在親民黨團決定緩議，及堅持取消直航許可制的立場與陸委會相違背的情況下，無法在臨時會達成協商共識。

「行政院金融重建基金設置及管理條例修正案」也未獲通過，財政部常務次長張秀蓮認爲，此舉將讓台灣金改形象受損，國際上會對台灣金改決心打折扣，未來金融改革速度會受影響。

銀行業者更認爲，此法未通過，無法儘速解決問題金融機構，嚴重性是要付出更多的社會成本。

當初爲了立法延宕，一怒發飆的游錫堃院長對於立法院三天的臨時會通過四項法案表示「七分欣慰、三分遺憾」，游錫堃說，外界本來就不看好臨時會，現在有這樣的成績單他相當感謝，這是大家共同努力的成果，目前經濟景氣逐漸復甦，再加上法案順利通過，對經濟幫助很大。

游揆並表示，回想起政院在提出立法院重要法案未能及時完成的問題時，部分在野人士批評他「沒有天地良心」、還有人形容他是「妖魔化立法院、誤導視聽」，現在就臨時會的結果，以及這些法案對國家未來發展的重要性來看，「面對這些謾罵，實在是件微不足道的事」。

但游錫堃也感嘆，改革太艱難，他說，雖然立法院通過金監法、不動產證券化條例，但對重要的配套法案「金融重建基金建置管理條例」卻未通過，金監法是要管理金融機構，要把人民的錢顧好，是六法中最具迫切性，立法院卻訂出日出條款，要明年七月一日才能正式上路，這樣的結果對金融改革而言，「立即效益不大」；農金法則是要健全基層金融，兩法都是要在未來做好金融把關，至於過去幾十年留下的呆帳問題，需要用金融重建基金處理，此法不過，政府就沒有編預算來處理。

至於「自由貿易港區設置條例」中規定，原住民僱用率要達百分之五，但是，原住民就業人口本來不多，若未足額僱用，業主就得增加成本，進而讓自由貿易港區無法發揮實質效益，游揆希望下會期行政院與立法院溝通修法；財政部長林全也對「不動產證券化條例」未包含土地新開發案表示遺憾。

不過，游揆也表示，雖然財經六法中有兩案未能通過，已過的四法，仍有修正空間，但絲毫不影響行政院拚經濟的決心。

## 宋楚瑜在背後運作痕跡可見

在臨時會審法案過程中，有關親民黨宋楚瑜在背後運作痕跡的傳言不斷。

包括農金法、不動產證券化條例、金監法、RTC條例據傳都與親民黨委員有關，而且，如果沒有宋先生點頭就不會通過。

游錫堃說，能擔任政黨領袖的人一定是社會菁英，對於國家、人民前途也有自己的看法，但必須把國家利益置於個人利益之上，絕不能犧牲國家利益，這次行政院優先法案遭到延宕，包括金融改革等重大施政都成了「半調子」，所凸顯的，並不是單純的法案問題。

特別是金監法訂出二○○四年七月一日「日出條款」的背後因素，在臨時會協商期間，傳出主因是國親兩黨認爲二○○四年總統大選已穩操勝券，怕現在通過該法後，屆時將影響國親人事佈局，果然該法在財政部讓步，同意金監會「日出條款」，讓下屆總統當選人享有全部九位金監委員會成員任命權後，國親才同意讓該法案通過。

親民黨主席宋楚瑜

游錫堃說，他可以了解在野黨極少部份人士擔心，執政黨政績好對他們的候選人不利，希望執政黨不要有那麼多政績，雖然政黨競爭有其必要；但是，「競爭要讓黨利與國家利益結合，如果因爲黨利傷害國家利益，把國家經濟發展往下拉，人民不會認同這樣的政黨。」

游錫堃強調，外界說他如果不這樣講，下會期法案應該會通過更多，現在公開批評立法院下會期法案會很難通過，但游揆則認爲，「多一事不如少一事，但是如果他不講，下一會期可能通過不了幾個法案。」而且在野黨在立法院杯葛法案通過，背後有「政治動機」，不能單純以「朝小野大」一筆帶過。

游揆有所堅持，他認爲，政院有必要讓全體民眾了解政院的處境，他也知道一說話就會遭到在野黨嚴辭批判，但是如果他不說話，才是不負責任，尤其是法案的數字，更是不容外界扭曲事實。

讓我們回顧政黨輪替之後的一些現象，二〇〇〇年總統就職後，朝野間氣氛對立，直到次年政府召開經濟發展諮詢委員會會議之後，才稍見緩和；其後人民在二〇〇一年立委選舉中選擇民進黨，反映出對政黨輪替的肯定，以及對民進黨執政的期待，但終究民進黨的席次未能實質過半，政黨政治之間眞正的和解氣氛還是未能具體實現。這個影響有多大呢？

第四屆會期結束前夕，國民黨及親民黨藉人數優勢，強勢通過台北市政府版本的「財政收支劃分法修正案」，朝野陷入非理性的所謂「打馬」及「保馬」的爭議，使得修法過程欠缺政策辯論空間。由於財政收支劃分法修正確有窒礙難行之處，行政院依憲法增修條文第三條第二項第二款，於第五屆第一會期開議日向立法院提出覆議。經表決，第四屆財政收支劃分法所作之修正，不予維持。

對老年經濟安全生活的基本保障，是民進黨的基本政策。過去，民進黨致力於老年生活福利照顧的努力，並未在執政後有所動搖。執政後，行政院提出敬老生活福利津貼草案，送到立法院審議，但面對在野黨不斷加碼及對陳總統競選承諾的杯葛，此一方案，無法順利推動，迄今仍然未能施行。

而後，行政院編列一百六十億元敬老生活津貼預算，也同樣遭到在野黨以未有法源依據予以凍結。直到第五屆第一會期，爲使敬老生活津貼能順利發放，在朝野達成不加碼的共識下，同意以制定「敬老福利生活津貼暫行條例」爲發放基礎，紛紛擾擾近二年的敬老生活津貼，才在執政二週年實現。

國營事業預算審議亦一如前面所述，在野陣營挾其優勢，對合法的民營企業台灣高鐵進行個別報復，延宕國營事業預算審議。台灣高鐵計畫是國民黨執政時決定的我國首宗、亦是全世界最大型BOT案之一，當初若係經過審慎評估，做出最好的選擇，政黨輪替後，民進黨承續國民黨決策，並未改變，怎麼一瞬間卻成爲國民黨喊打的對象？

高鐵興建、公營事業民營化等相關法制規範，都是國民黨建構的政策，只因爲民進黨上台，國民黨就完全杯葛。過去，國民黨動輒將「反商」二字冠在民進黨頭上，這三年來，在民進黨力拚經濟的過程中，國民黨、親民黨又爲「商」做了些什麼事？

二○○○年四月憲法增修條文修正，將原屬國民大會的人事同意權行使移轉至立法院。鑒於考試院考試委員及院長、副院長任期將於二○○二年八月三十一日屆滿，總統依據憲法於六月向立法院提出考試院院長、副院長及考試委員，司法院大法官及監察委員等被提名人名單，立院雖然通過了考試院院長及考試委員名單，卻在國民黨及親民黨以意識型態爲審查依據下，無視憲法所賦予立法委員，行使同意權的權利與義務，嚴格禁止其所屬黨團成員進入議場投票，讓部份提名人未能過關，這無異是對他們宣稱的「五權憲法」的最大諷刺。

第五屆第三會期共通過了五十三件法案、九件預決算案、廢止案二十二件、其他議案四件，相較於第一會期通過法案一百五十三案、第二會期一百零八案，第三會期僅通過五十三件法律案，可謂不及格。其中雖有屬於行政院重大優先的法案有「擴大公共建設振興經濟暫行條例」及有利於降低失業、振興經濟七百八十四億元預算案；爲因應嚴重急性呼吸道症候群疫情之衝擊的「嚴重急性呼吸道症候群防治及紓困暫行條例」，及其五百億元預算案；以及爲協助經濟困難者進入全民健保體系而修正之「全民健康保險法」；審查過程紛紛擾擾之九十二年度國營事業預算等案，得以完成三讀；財經六法因爲行政院要求召開臨時會，才通過四法。但已協商多時的兩岸人民關係條例竟因國、親兩黨反覆無常的態度無法順利完成；配合經發會的勞動三法及電業法修正，亦在有意拖延下，而未能進入院會審查。

## 泛藍陣營：一擋、二拖、三不認帳

總的來看，立院第五屆會期一年多下來，舉凡司法改革、政治改革、政府改造及金融改革，都在國、親兩黨惡意封殺下寸步難行。行政院送立院審議攸關國家體制的政府改造、關乎國家發展的金融改革、涉及清明政治的陽光法案及民進黨團所提出的國會改革法案，在人數居於優勢的泛藍阻擋下，幾乎也都進不了程序委員會的門檻。

只要是改革法案，泛藍陣營的回應就是：一擋、二拖、三不認帳。

這些改革法案，不也曾是國親兩黨高層競選總統時對人民信誓旦旦的承諾嗎？如今何以反其道而行，將他們對人民的承諾踩在腳下？他們還要參選下屆總統大選，他們可能還會向人民提出同樣的承諾，參照現階段他們的作爲，那些承諾，人民還敢相信嗎？

最具指標性的陽光法案，規範政黨、政治人物收受獻金的政治獻金法草案，在歷經多次朝野協商，各黨團代表充分討論後終於獲致共識之際，全程參與協商的親民黨突然表示黨內學者對協商結果不認同，來個全盤不認帳，讓朝野黨團多次的協商形同做白工！歷經整整一個會期，主動權在乎國民黨的協商會議，卻未見召開，也不見更有建設性的修正意見。

還有，掃除黑金，重建清廉政治風氣有關之廉政署組織條例、政黨不當取得財產處理條例、地方制度法等案，國、親黨團全都以「擋」字訣，阻擋於程序委員會長達一年，連付委審查，公開理性討論的機會都沒有。其中「地方制度法」還是國民黨主政時代召開的國家發展會議結論，怎麼國民黨一下台，這結論就失效了，這承諾就無所謂了？

還有，政府機關組織龐大對行政效率所造成的負面影響，一直是世界各國評價本國競爭力的重要指標。國民黨執政時代就高呼政府改造，但誇誇其詞講了數十年，毫無進展。民進黨執政後，立刻提出改造方案，送進立院之後，連排入院會報告事項進行一讀都過不了關。國民黨執政時喊的政策，民進黨幫它完成，國民黨也吃醋嗎？

國、親兩黨爲拖延改革進程，可說是花招盡出、竭盡所能地盡性表演，任何可以有效阻擋改革的手段，均可以使出，任何說辭亦可以大言不慚、堂而皇之地朗朗上口。而其不認帳的功夫，推翻的不僅是自己的主張，也推翻大家共同的主張。國家發展會議、經濟發展諮詢會議的結論已是昨是今非。

這三年多來，民進黨政府一路走來，批評、鼓勵聲從未間斷，但因立法院朝野黨團間內鬥，不僅影響到民進黨政府執政的效能，也同時影響國家整體競爭力。而立法院小則阻卻、大則杯葛，在朝野角力、選舉佈局考量下，一場又一場藍綠對立的表決戰，已使理性論辯的空間完全喪失。

在野黨選前說一套，選後做一套；選前承諾的，選後不算數。連執政黨執行他們在朝時的政策，都可以加以踐踏，這豈是追求民主進步的台灣人民所樂見？這又算哪門子「忠誠的反對黨」？

# 第五章
# 大刀闊斧

改革就是這樣，沒有虛華的表演，更是一件吃力不討好的工作。我們看到新政府團隊不說大話，不打高空，在國家財政最困窘的階段降低國庫支出、以新價值和新作法創造國有資產再利用和經營的奇蹟，解決數十年來無法處理的國營事業經營的困境，在泛藍陣營無力也無法杯葛的領域裡，默默耕耘，爲國家體質的轉型埋下生命的種子。

一個有能力讓虧損累累的國營事業變成「金雞母」的政府，如果不值得期待，還有甚麼是值得期待的？

有人說，民進黨政府爲了討好選民，兌現競選支票，而把國家財政搞壞了。這樣的說法是事實嗎？

所謂「冰凍三尺，非一日之寒」，民進黨政府再怎麼無能，其實也不可能在短短三年多內就將國家的財政狀況搞壞掉。早在一九八〇年代，國民黨政府，放任房地產及股票市場炒作，最後造成不可收拾的泡沫經濟、股票與房地產爆跌，以及官商勾結非法超貸的結果，造成台灣金融資產品質急速惡化，生產投資與產業轉型停滯，國家財政嚴重惡化。國民黨政府執政之時，由於掌握了黨國機器，足以一手遮天，這些問題通通被掩蓋在檯面之下。等到政黨輪替之後，一切都再也蓋不住了，隨即爆發出來，而這個苦果最後就只好由剛執政的民進黨政府與全體台灣人民來承擔了。

## 政黨輪替前債務餘額：二兆四千七百八十億元

新政府在二〇〇〇年五月二十日就職，當時中央政府的債務餘額就已經達到二兆四千七百八十億元，其中包含了承接台灣省政府八千一百三十九億元的債務。這樣的國家財政狀況，僅能以「金玉其外、敗絮其中」來形容！

台灣省政府八千一百三十九億元負債，其中有六千五百三十一億元（也就是省政府負債中的百分之八十）是在連戰與宋楚瑜前後兩任省長任內增加的。

連戰自一九九〇年中至一九九三年初擔任省長，省府的負債從一千六百零八億元大幅增加為三千一百九十一億元，省府負債在連戰手上增加了一倍！

宋楚瑜從一九九三年起擔任省長，省府負債又從三千一百九十一億元暴增至一九九九年的八千一百三十九億元，大幅增加了四千九百四十八億元，足足暴漲一點五倍。

連戰與宋楚瑜兩人聯手的結果，是使省府負債十年間暴增五點零六倍。由此可以看出，連宋兩人對國家債務的快速增加委實「貢獻」良多。

在國家收入面，政黨輪替前，我國稅基縮減早已是財政上的一大隱憂，自一九九九年起，政府賦稅收入已呈現負成長趨勢。一九九九年度全國賦稅收入負成長百分之三，而二〇〇〇年度（含民國八十八下半年及八十九年）更進一步擴大至百分之五點一。一九九九年，各級政府財政收支短絀四百五十六億元，但是二〇〇〇年卻又大幅增加七點八倍，達到三千五百六十億元；占GDP比率也由一九九九年度的百分之零點五劇增至百分之二點五。

這是新政府接掌政權之際的財政狀況，如果把台灣比喻爲一個家，民進黨政府開始持家的那一刻，面對的就是被不肖子揮霍怠盡的一個家，米缸裡面不僅沒有米，而且還欠了一屁股債。

## 行政革新：樽節支出，推動「零基預算」改革

民進黨政府執政之初，面對每年超過三千五百億的財政缺口壓力，並且立即要編列九十年度預算。當時的行政院主計長林全，由於短時間內沒有辦法立即扭轉財政缺口日趨擴大的趨勢，只好在公共債務法的限制內，將當年可以舉債的能量（約二千五百億）全部舉債完畢，另外以出售政府股票（約二千億）來支應財政缺口。

公家單位一向較沒有成本觀念，特別是消費性的支出，常常被外界批評爲浪費民脂民

膏。而面臨國家財政如此困難的情況下，反倒給了主計處厲行預算減肥，減少浪費，增加行政效率的機會。

主計處的做法，首先是透過減少政府部門相關非必要性支出以滿足新增支出的需求。新政府前所未有地對於政府部門的消費性支出（如出差費、委辦費、加班費等）進行通案刪減，像是出國差旅費刪減百分之五十，國內差旅費刪百分之二十，一般業務費刪減百分之十，加班費也進行適度刪減，再經過立法院刪減後，新政府一年就節省了國庫三百億元支出。由於第一年通案刪減後，政府部門的業務運作並受到太大影響，在編列九十一、九十二年度預算時，林全繼續對政府的消費性支出進行刪減，三年下來，總計節省了近七百億預算。

這節省下來的七百億，都是你我的血汗錢！

在拮据的財政下，要維持預算不再膨脹，除了落實每一年度的非必要性消費支出的通案刪減外，行政院另一項重要的行政革新就是貫徹「零基預算」的精神，落實推動「中程預算制度」。

過去，政府部門編列預算時通常欠缺「零基預算」的概念，而存在一種「過去我有多少的預算，明年我要增加多少的預算」的思考邏輯。所謂「零基預算」，就是每年預算編列時，都先歸零思考，先檢討過去業務中有那些是不再必要的，之後再來想要增加什麼。

林全說：

就像是一個衣櫃，裡面擺滿了衣服，如果只想到要再買些新衣服進來，卻從來不去考慮有些舊衣服是否要淘汰。這樣長久下來，所需要的櫃子會越來越大，到最後原來的櫃子裝不下衣服了，就只好再做一個新的櫃子，政府的預算規模就會像這樣一直不斷的膨脹。

林全的主張是「你（部會）要爭取新的經費，可以；但相對的，你也必須減少其他的經費，來達成總經費不變的結果」。

為此，主計處配套提出了「中程計畫預算制度」，就是在第一年就告訴各部會未來四年的預算額度，在各部會了解未來四年可能的預算額度後，在新年度提新計劃或增加支

財政部長林全

出時，就會思考下一個年度的預算是否足夠的問題，因此也就會認眞檢討整併舊有業務的必要性。此外，再也不能用「時間來不及」作爲藉口了。這個作法，有效解決了政府各機關預算持續膨脹的問題。

## 取消小型工程補助款，建立公式透明的補助款分配制度

新政府透過對非必要性消費支出的通案刪減，以及「中程計畫預算制度」的機制，總算將國家財政支出擴張的幅度初步地穩定下來。但是，即使這樣，對於已經病入膏肓的國家財政體制還是不夠！長久以來的中央集權，造成了中央大地方小，中央有錢有權、地方政府財政只能仰望中央鼻息的扭曲情形；此外，更存在著直轄市與一般縣市財政分配一國兩制的情形。這些都有待進一步的改革措施來解決。

國民黨主政時代，小型工程補助款是中央收編地方派系的利器，有的是大家明著說的預算，有的是藏在各部會的隱藏性預算。像許多人批評宋楚瑜做省長時是「散財童子」、「聖誕老公公」、「要五毛給一塊」，就是將小型工程補助款發揮到淋漓盡致，各級民代和鄉鎮市長視之爲「業績」的這筆款項，經過中間人收「過路費」層層剝皮，實際下放到地方的建設經

費大約只剩四成左右。

要解決此一問題，最直接有效的方法就是落實陳總統「地方能做、中央不做」的理念，回歸地方自治精神，取消小型工程補助款，將該給地方的經費照公式一次分配給地方政府，讓地方政府決定它要用這筆預算從事那些建設，讓地方政府首長直接向選民負責。前政府時代總存著一種「管制」的心態，擔心這樣做將會削弱中央政府的權限。的確沒錯，這樣做的確會減低中央政府的權限，但我們的地方政府卻可能因此而得到新生，我們將可能產生二十三個很有能力的地方政府，對國家未來發展作出貢獻！

因此，民進黨政府上任之後，便開始規劃將中央各部會過去對各地方的小型工程補助款、以及屬於地方經常性事務等不符合財劃法規定由中央補助的經費，加上額外籌措的經費，以及中央對地方原有的，沒有指定用途的補助款，共約九百億規模的經費，由中央政府依各地方縣市政府參與制定的分配公式將預算分配給地方政府。

這樣的改革對落實地方自治可望帶來正面的影響，遺憾的是，國民黨卻將之視爲斬斷地方派系金脈之舉，不但懷恨在心，甚至認爲這將使國民黨從此無法再起，導致剛從總統大選落敗的國民黨高層開始亟思反撲。這也是台灣政壇三年來動盪不安的原因之一。

## 馬英九版讓財劃改革未竟全功

財政收支劃分的改革推動一年多來堪稱順利，也初步建立起制度性的架構，只剩下如何針對分配方法進行更細緻的修正即可大功告成。不過，這未完成的改革工程，卻在二〇〇二年初遭受挫敗！

這一切都要從二〇〇二年一月十七日國親新三黨聯手在立法院表決通過馬英九版財劃法修正案開始說起。

二〇〇一年十二月三十一日，財政部邀集二十五個縣市召開「研商中央統籌分配稅款與補助款改進方案事宜」。財政部在會中提出統籌分配稅款分配比例的規劃方案，將北高兩直轄市的分配比例，將由目前的百分之四十三，降為百分之三十六點二二，減少的金額約為一百零六億三千五百萬元；而各縣市的分配比例，則由現行的百分之三十九，調高為百分之四十五。馬英九市長為避免北市補

台北市長馬英九

助款額度減少，在政治上被批評「護產」不力，因此一方面從頭至尾徹底反對財政部所提出的方案；另一方面，爲避免被批評爲台北市攬財，而在會前就提出了所謂「把餅做大」各縣市雨露均霑的馬英九版「財政收支劃分辦法修正案」。

馬英九版「財政收支劃分辦法修正案」指的是，將三千四百億補助款中的一千億轉爲統籌分配稅款，並且提高營業稅與所得稅等縣市分配的法定比例，使統籌款分配稅基再增加五百億元，使統籌分配稅款金額達到一千五百億元。按照這個版本，要分給二十一縣市的統籌稅款，除了包含原來已納入公式計算的九百億補助款預算（第二年調整爲一千億）之外，中央還要再拿五百億出來納入統籌分配稅款，分給其他二十一縣市。

然而，馬英九版財劃法的制度設計存在著很大的盲點與缺陷！

首先，是中央政府經常性稅收約一千五百億元，透過統籌分配稅款增撥給地方政府，中央爲因應稅收大幅減少，勢必相對調整減列現行中央對地方之一般性與計劃型補助款，使得原由中央依公式計算，並限定應用於國民教育與社會福利等補助經費，諸如小班小校、學童營養午餐、中低收入老人及身心障礙者津貼，將無法再獲得有效保障，且造成目前各部會編列之經常門計劃型補助停頓。

其次，透過法律明文保障了北高兩市統籌分配稅款的分配比率，使得北高市府優勢財政地位得到法律保障。也就是說，財政狀況較佳的台北市，原本並沒有補助款，現在卻可以永遠得到百分之十五點五的固定分配比率保障。而這樣的分配方法，將使分配公式缺乏彈性與獎勵機制，「富者恆富、窮者恒窮」，縣市未來的發展遠景從此定型，永無翻身之日。

其三、這個辦法表面上讓其他縣市獲得較現在爲多的統籌分配稅款，但是羊毛出在羊身上，二十三縣市左口袋增加的統籌分配稅款收入，不及右口袋減少的補助款收入。所以最根本的受益者，仍然是北高兩市，整個二十三縣市只能共同分配百分之六十一點五，平均每個縣市不到百分之三。

不料，國民黨在力挺馬英九的政治指示之下，不但立法院黨團全力支持馬英九案，並且在未經朝野協商的情形下，利用泛藍陣營在立法院的多數優勢，強行於立法院提案逕付二、三讀。馬市長所率領的市府團隊，則早已超越直轄市長的權責進行全省大串連的動作，四處遊說地方縣市長支持馬版。最後在馬英九親自致電宋楚瑜之後，親民黨轉而支持馬版財劃法。

二〇〇二年一月十七日晚上九點，即將卸任的第四屆國民黨、親民黨、新黨三黨立委，在沒有經過廣泛討論以及和地方縣市政府充份溝通的情況之下，聯手於立法院強行表決，強渡關山。經過四次表決，推動地方財政改革的執政黨不敵仍在國會佔優勢的在野聯盟，最後分別以八十九票對六十三票、八十二票對六十票落敗，國親新三黨強行通過馬英九版財劃法修正案，一個大家都還有意見也不滿意的修正案。新政府推動一年多來的補助款制度與財劃改革方案，遭逢重大挫敗！

行政院立即發佈新聞稿表示「非常遺憾以及不能接受」，當時的主計長林全更直接表示，按照這個版本，下年度的中央政府總預算會編不出來！這個案由國民黨主導通過，未來需對此負起完全的政治責任。

## 游內閣上任第一戰：財劃法覆議案

二○○二年二月一日，游內閣就職。

不過，游揆就職前所要面對的第一件工作並不是為國家建設擘劃新局，而是立即站上火線，處理財劃法覆議案。

一月二十四日下午五點半。游錫堃邀集了當時的行政院副院長賴英照、秘書長邱義仁、財政部長顏慶章、主計長林全以及即將接任的林信義副院長、李應元秘書長、李庸三部長以及核心幕僚林右昌，在總統府秘書長辦公室內針對財劃法與總預算案召開專案小組會議。這次會議，正反意見互陳，但最後大家認爲這是要爲歷史交代的事情，爲了釐清責任，凸顯該修正案的不正當性，應該要提出覆議案。雖然泛綠陣營在立法院席次沒有過半，覆議案不一定會成功，但既然此案問題重重，就應該藉覆議案讓社會清楚道理到底在那裡，釐清政治責任！

事實上，倉促通過的馬英九版財劃法修正案，通過之後連部份國親兩黨立委都有意見，認爲應該再提修正案。在多方評估之後，政院方面認爲針對馬版提覆議案具有很強的社會正當性，而且很多國民黨縣市長並不認同馬版，因此預估會有許多國親立委支持覆議。

二○○二年二月六日，游內閣就職後的

二○○二年二月一日行政院舉行院長交接典禮，在總統府資政彭明敏的監交下，卸任院長張俊雄（左）將印信交給新任院長游錫堃。

第六天，行政院針對財劃法正式提出覆議案。

二月十三日，大年初二。行政團隊並沒有沉溺在過年氣氛中，游揆當天下午就從宜蘭趕回台北，與相關部會首長和核心幕僚召開「財劃法覆議專案小組會議」，這個會議認爲，道理是站在行政院這邊的，因此決定覆議案不應該撤案，而且應該加強對社會以及地方政府首長說明；此外，針對游揆承諾在覆議案通過三個月內提出修法版本，訂下「公式入法」、「平衡原則」、「緩衝機制」三個修法原則；並且決定藉此機會順勢推動政府改造，將錢權人下放地方政府，並推出「地方稅法通則」與地方公務體系改革的配套方案，以徹底實現地方自治理想。

在同時照顧政策面和制度面的思考下，行政院於是透過輿論，讓社會大眾瞭解馬英九版財劃法的問題所在，及其可能衍生出的問題，強調若照馬英九版的固定比例分配統籌稅款，則全台其他縣市就永無翻身機會；並指出馬英九版忽略了人口、土地、財政基本需求的動態分配因素，難以讓地方政府在開源節流的誘因上有所發揮。

此外，行政院也提出新版的財劃法，在這個版本中，行政院同意再增加四百億補助地方政府，但增加的部分不是以粗糙的方式分配，而是採取兼顧統籌稅款與一般性補助款的精緻化公式，將過去兩年推動地方補助制度改革所了解到的地方實際情況納入考量，細緻而又能兼顧各縣市財政基本需要、基本收入……等相關變動因素，期使各縣市未來的財政地位都能獲得立足點的平等。而根據這套公式，也可以保障台北市既得利益不變，在新的架構下，只要台北市分配的比原來的少，行政院就會加回台北市原有的水準。

在野黨立院黨團雖然立場上市支持馬英九版財劃法，但在立院討論時，也都不否認馬英九版確實有問題，因此希望以一年時間協商出更好的法案。但行政院方面認爲，既然立委承認馬英九版財劃法有問題，就應該覆議。行政院爲了展現誠意，承諾若是覆議成功，一定會在三個月內提出行政院版的財劃法修正案。

從二月十三日一直到二月十八日財劃法覆議表決前一天，游揆與相關部會首長以及核心幕僚每日召開會議，務求財劃法覆議能夠成功。二月十九日下午六點半，覆議案開票。六點五十分國民黨召開記者會，表達遺憾與抗議之意，而台北市長馬英九同一時間也承認失敗。

下午七點左右，王金平院長宣布行政院覆議成功。立院出席人數二百二十三名，一百零九票反對覆議案，一百零三票贊成覆議案，廢票一張。國民黨立委陳宏昌、楊文欣等人均未到場投票，曾蔡美佐廢票一張；其中未出席者包括國民黨陳宏昌、楊文欣，新黨吳成典，無黨籍蔡豪、瓦歷斯貝林、高金素梅、陳進丁、林炳坤、顏清標和邱創良，親民黨林正二、林春德。而高孟定投贊成票。根據憲法增修條文第三條第二項未經全體委員二分之一以上否決，維持原決議，馬英九版遭到封殺，行政院覆議成功。

新上任的游揆以柔軟的姿態，堅定的意志，保住了新政府推動地方財政改革的初步成果。結果是成功的，但過程卻是萬分艱辛的，而這也是新政府執政三年多來的寫照：改革說來容易，過程卻是險阻重重，且還不斷面對反改革力量的反撲。

這些艱難極少爲外界所知，也極少爲支持改革者所知。許多支持改革的民眾認爲，我們已經支持你民進黨政府上台，你就該完成改革。殊不知民進黨得以推動改革的動力與養份，仍須依靠要求改革的社會力量，只要社會力量無法匯集或動員不足，改革就很容易遭到反改革力量的反撲與反挫！

支持改革的民眾可以想想，這個改革政權是個新生兒，如果我們不繼續給與支持與養份，那這個改革政權就不會壯大。我們既然生下了它，我們也有責任把它養大，讓它有能力對抗外力，讓它有能力實現我們的理想與改革的理念。

國家資產管理委員會：開源節流的新創意

國家的經營管理和企業的經營管理，道理一致，都要求運用既有資產作最有效的發揮，以取得最佳的投資報酬率。諷刺的是，國民黨統治五十年後，我們的國家到底擁有多少資產？如何管理、運用這些資產？這些資產目前使用的績效如何？卻都彷如謎團，沒有一個單位說得清楚。

政黨輪替之後，民進黨本來亟欲了解國民黨究竟留下什麼資產？在游錫堃擔任行政院副院長時，就想成立一個委員會來有效管理國家資產，但後來游錫堃因為八掌溪事件辭職下臺，這個計畫乃告暫時中斷，直到游錫堃再度回到行政院擔任院長後，才積極推動「國家資產經營管理委員會」的成立與運作。

游錫堃在二〇〇二年二月接任院長，三月便召集財政部、國有財產局等相關部會局處，指示成立「國家資產經營管理委員會」，並由游錫堃親自擔任召集人。「國家資產經營管理委員會」隨即在四月十三日召開第一次委員會，會中游揆說明這個委員會將作為國家資產的統合管理機制，以更有效的來經營國有資產，為國家節省開銷並創造收入，同時還要促使國家資產的經營能夠科學化，並且達成「管理一元化」、「使用合理化」、「經營透明化」的目標。

在第一次會議中，財政部國有財產局報告，當時國家資產總值為六兆八千三百八十四億元。這是政黨輪替以來，也是有史以來中華民國政府第一次對國家資產總值提出的正式報告。

在一般人的想法中，「國家資產」的管理理當是由國有財產局來掌控，但事實上，由於國民黨執政時期對國家資產缺乏管理一元化的觀念，以致管理的事權也不統一，這使得許多國家的資產，包括土地、有價證券、基金，以及房屋建築、設備動產等，都散落於各單位部會中。在財政部所提報的六兆八千三百八十四億元國家資產中，國有財產局所掌管的僅是「國有非公用」財產八千八百六十六億的部分而已，另外各機關、部隊、學校、國營事業機構，直接使用管理的國有公用財產，及國營事業之國有股份、國營行庫之國有股權總共計五兆九千五百一十八億，其中地方政府經管的財產佔五千九百二十四億。中央政府經管五兆三千五百九十四億，包括：

預算法規定的二十一個主管行政機關經管一兆九千七百四十八億：土地一兆五百七十六億，有價證券一千零十三億（含中央政府投資私營事業金額），其他八千一百五十九億。

基金（十九個機關九十七個基金）經管一兆三千二百七十億。

非公司組織國營事業（七個主管機關十九個公司）經管一兆一千九百五十六億。

公司組織國營事業（五個主管機關二十一個機構）國有股份一兆七千九百五十億。

銀行法人（財政部主管計三個）國有投資六百七十億。

由此看來，就可以了解國有財產局所管理的國有非公用財產，只佔整體國家資產約八分之一。缺乏一元化管理的結果，是使得國家資產使用效益非常的差，以九十一年的國家資產收益來看，才二百至三百億而已，對一個企業來說，有六兆多的資產，一年卻只能收益三百億，資產報酬率（ROA）僅百分之零點四！

缺乏一元化管理的觀念，也造成管理國家資產的各個機關本位主義作祟，形成土地、房屋閒置，不是低度利用就是沒人管，甚至有些土地在甲機關手裡，乙機關想要使用卻也無法使用，還要另外去租或買，變成國庫雙重浪費的荒謬現象。很明顯地，國民黨時代資源的浪費是多麼地嚴重，國家坐擁龐大的資產卻完全沒有發揮效益！

因此，游揆成立「國家資產經營管理委員會」，除了要釐清國家資產現況外，更希望將本應相互運用的國有公用財及非公用財，集中於國有財產局管理運用；各機關需要使用時，申請撥交使用，不需要使用的，則繳回國有財產局管理運用，不管以出租或出售方式釋出民間開發利用或支援政府各項建設，都能達成國家資產充分運用以及挹助國庫的目的。

由於游錫堃親自督軍開會，「國家資產經營管理委員會」的成效頗為可觀。歷次開會下來已確立「國家資產經營管理一元化執行要點」、「國家資產經營管理原則」、「非公司組織國營事業機構存續原則」、「公司組織國營事業機構存續原則」、「中央政府投資事業釋股檢討原則」、「中央政府非營業特種基金存續原則」、「國有公用閒置、低度利用及被占用不動產加強處理方案」、「國有宿舍及眷舍房地加強處理方案」等多項運作準則。

而爲了讓國家資產管理一元化、透明化，以期讓國家資產達成最有效率運用，行政院已動支第二預備金進行「國家資產資料庫應用系統」的建置，預計今年年底前可以完成。而除了檢討國營事業的資產外，清查國家遭佔用的公用房舍也是重點之一。

目前，國有公用房舍約一萬四千戶，過去都由使用機關管理，但長期以來由於缺乏制度面的效率管理，使得許多公家宿舍被非法佔用，目前委員會正責成各單位進行清查討回被非法佔用的公家宿舍，同時也讓人事行政局修正法規建立各級公務人員使用宿舍的制度和規範。

其實，從「國家資產經營管理委員會」的名稱上來看，不難看出游錫堃的企圖，游揆重視的，除了被動的「管理」之外，現代化的「經營」觀念，毋寧才更能體現民進黨追求改革舊有體制的價值觀。

## 推動董事長制：讓國營事業轉虧爲盈

二〇〇三年五月三十日，剛啓動「國家資產經營管理委員會」推動國家資產管理改革的游揆，再次拋出新構想，希望改變過去國營事業董事長酬傭的做法，改採公開徵才，讓國營事業的經營能夠擺脫人情的包袱，引進民間的管理理念與做法，眞正邁向現代化的經營。

游揆是在當天參加民視「台灣管理領航家」節目錄影時提出這樣的構想。他強調，推動國營事業發揮效能與效率，政府責無旁貸，而要避免過去被垢病的酬庸式任命，就必須讓國營事業董事長權責相符。

游錫堃也指出，最近發生的一些事件，諸如未預警限電及華航班機空難等，都與國營事業的效能相關。國營事業的管理十分重要，未來改以公開徵才方式，責任將十分明確，有任何問題，唯董事長是問，至於總經理人選，也應該由董事長自行聘任，讓董事長權責相符。這件事情他已請行政院人事行政局進行規劃，並將由重要的國營事業先行試辦，未來將邀請民間的學者參與評審，廣納各界意見。由評審委員會先評選、推薦出二至三位優秀的人選，再從中選出一位出任董事長。

游揆提出落實董事長制的構想，讓國營事業董事長的積極性活絡了起來，目的就是要負起責任！過去，國營事業是賠錢貨，大家一講到國營事業就搖頭。以省營的唐榮公司和國營的中船公司爲例，唐榮公司在八十五年至九十年這六年之間一共虧損達二百三十二億元，而中船則虧損達一百一十八億元，單單這兩家公司就一共虧損了三百五十億元之多！國庫每年都要編列預算來塡補這些虧損，對已經相當吃緊的國庫來說，是一項相當沉重的負擔。

游揆上任之後的國營事業董事長，有煙酒公司的黃營衫、台鹽公司的鄭寶清以及中船公司的徐強等人。當初任命之際，迭遭批評爲「綠化國營事業」，但事實擺在眼前，這些董事長們都交出了傲人的成績單，他們讓虧損累累的公司轉虧爲盈，也具體破除了所謂「綠化」或是酬庸的抹黑。

以中船公司爲例，徐強自稱是「最廉價的國營企業董事長」。他從接掌中船後，身先士卒，幾乎每月一定出國親自接洽業務，讓中船在去年轉虧爲盈，有三億二千萬餘元的盈餘，至九十二年六月底爲止更達到二億三千萬盈餘，並有信心要在年底達到四億六千萬盈餘目標。對照前年虧損三十億，大前年虧損六十七億來說，今天的中船已經脫胎換骨。

中船能轉虧爲盈重點在於成本。過去中船每造一艘船就虧損一艘，徐強要求中船各廠提出造拆船的標準價格，發現每檔至少有三千萬元獲利空間。今年至今已接到大型貨櫃輪訂單，總造價高達五百億元，中船高雄廠及基隆廠造船檔期已排到二〇〇七年。中船轉型成功的關鍵，則在徐強跟中船沒有淵源，因此能夠擺脫人事包袱，大力推動組織改造與企業改革，爭取員工認同。

## 台鹽公司：國營事業改造的最佳範例

過去國營事業對於事業的資產的看法多重視有形的土地和房屋的資產，而乎略了在知識經濟時代最重要的人的資產！因此，許多國營事業在公司化或民營化的過程中，總是是希望能夠多帶點原屬國家的資產土地，以便本業經營不善時可以賣土地來彌補虧損。老實說，這樣的想法是消極與墮落的想法。

游揆認爲這種國民黨時代的思維，既不科學也不負責任，是非常要不得的想法。因此他要求國營事業不管公司化或民營化，都應該發展本業，在本業上積極研發創造效益，若帶太多資產，在經營上，過去可能是資產的，反而可能會變成累贅。因爲，公司經營講究資產報酬率，若資本額太大而所產生的盈餘太少，則上市後資產報酬率太低，股票就沒人要，釋股更不會成功。因此他認爲要有一個審查機制，不管是公司化或民營化，都應先審查可以或應該帶走多少資產，或者先減資繳庫再增資，讓公司的體質健康且具有競爭力，才可能順利推動公司化或民營化。

觀念，往往是一件事情成敗的關鍵，台鹽公司就是一個最佳的成功案例！

台鹽公司在九十二年十一月十八日股票上市掛牌，掛牌上市價格爲十九點二八元，至十一月二十八日爲止股價最高上漲至二十九點四元，整整上漲有十元之多，漲幅達到百分之五十二！

爲什麼市場對台鹽的股票這麼捧場？就是因爲鄭寶清接受了游揆的觀念，將多餘的資產繳回國庫，使資產報酬率由原本的百分之零點七提升爲百分之三點九，整整增加五倍多！此外，股東權益報酬率也從原本的百分之一點一提升爲百分之六點一，增加了五點五四倍；而資本報酬率則由百分之一點七增加爲百分之十六，大幅增加了九點四一倍；更重要的是，每股盈餘也從零點一七元增加爲一點六元；每股淨值從十六點六元增加爲二十六點二三元！

台鹽跨足農業生物製劑領域，投資新台幣三億多元興建生物製劑廠，台鹽董事長鄭寶清（右二）與經銷商安農公司董事長溫總祥（左二）簽約。

其實，二〇〇二年三月鄭寶清接任台鹽董事長之初，就面對行政院要將台鹽土地資產繳庫的要求，起初鄭寶清聽取員工的意見，認為應保留較多土地資產，對公司才是好處，因此有所抗拒。但在與游錫堃、林信義與國營會呂桔誠副主委懇談之後，他了解到減資繳庫並不是對台鹽資產的剝削，而是為了讓公司體質更具競爭力，讓台鹽在本業的發展上更能夠展現績效。

觀念釐清之後，鄭寶清完全配合「國家資產經營管理委員會」的檢討，依國營會呂桔誠副主委之規劃將台鹽瘦身減肥，從原來擁有五千三百一十二公頃土地資產，到保留三百五十六公頃、保留二百九十八公頃漸次檢討，最後定案僅保留六十九公頃，將高達五千二百四十三公頃非屬業務直接需求的土地繳回國庫，民營化帶走的土地僅為原本土地資產的百分之一點二九；同時透過資本額增資再減資的程序，將資本額從二百三十億調整為二十五億。如此一來，台鹽的資本與財務結構顯得更加健全了，也有助於提昇投資者的投資意願。

台鹽公司在前董事長余光華任內即進行企業改造並建立多角化經營的基礎，於二〇〇〇年間原先賺七億，在提列了鹽工補償金四億之後仍賺三億。鄭寶清接任董事長後，繼續落實多角化經營策略，並加以發揚光大。他以「顧客導向」、「追求速度」進行魄力改革，將台鹽膠原蛋白良率提升到百分之百，使得台鹽膠原蛋白大賣。除了多角化策略外，台鹽更發揮創意，化七股鹽山爲觀光景點，改名滷水池爲「不沉之海」……，每一項創意都爲台鹽創造了可觀的收益。二〇〇二年度台鹽盈餘達五億。鄭寶清同時也用這樣亮眼的具體績效，粉碎了在野黨當初對於政府任用他擔任台鹽董事長是「政治酬庸」的口水攻擊。

## 建立資產最適規模理念與經營原則

和台鹽類似，但是卻發生在「國家資產經營管理委員會」成立前的另一個例子則是中華電信。

電信局化爲中華電信公司時，由於委員會尚未成立，中華電信也因爲傳統的想法想多帶一些資產走，所以共帶走四百多公頃土地，但擁有這麼多土地對公司營運並非好事，因爲財產未充分使用，反而造成成本增加，且有地價稅繳納的負擔（基本是千分之十，累積成爲千分之五十五）；更重要的是這也降低了ROA，因此雖然公司賺錢，股價還是上不來。現在中華電信公司已嘗到苦頭，所以在今年四月希望主動繳回九十七公頃土地給國庫，但在法令上卻行不通，因爲已有民股，只能處分財產，將所得分配給股東。由此看來，「國家資產經營管理委員會」的成立，對於國家資產的管理和運用，相較於國民黨時期，顯得更進步且有效率。

鑑於國營會副主委呂桔誠執行台鹽減資改造的成功，行政院游院長與林副院長乃於國家資產經營管理委員會第六次委員會議，進一步指示呂桔誠「訂定國營事業資產報酬率之適當規模，作爲國營事業公司化或民營化時，宜作價投資或留用資產之審查原則」。

於是呂桔誠親自帶領國營會專案小組，蒐集各國營事業相關產業及國內、外營運績效良好，營業範疇類似之標竿企業營運資料，融入資產合理報酬率與動態調整的觀念，建立電腦模式模擬規劃「國營事業最適資產規模」，於二〇〇三年元月提報中華電信、中華郵政、台灣鐵路、台灣菸酒、榮民工程、台灣電力、中國石油、台灣糖業、台鹽實業、中國造船、漢翔航空、唐榮鐵工廠與台灣省自來水等十三家國營事業最適資產規模案，設立各國營事業資產規模的動態調整區間，經國家資產經營管理委員會討論通過，隨後並由國營會草訂「國營事業最適資產規模考核原則」，經行政院經建會委員會議討論通過。

## 革命必先革心：推動改革必先改革價値觀念

談改革很簡單，但要落實確很不簡單！因爲所有改革的過程中遇到最大的阻力因素就是人的問題。要推動改革就必須推動價值的改革，觀念一變，做法自然就變了。但是價值的改革成效不容易量化，在成功之前更不容易被看到，但確是改革是否持功的關鍵因素！

新政府上台以來，已經在許多施政層面全力推動改革，有許多部份可以看到成果，但還有更多的部份需要時間。成功的企業家都知道，價值關念的改革是最困難的事情，也是最需要耐心與毅力的事情。領導者必須忍受成功之前的寂寞，一步一腳印，踏實地走下去！

改革就是這樣，沒有虛華的表演，更是一件吃力不討好的工作。我們看到新政府團隊不說大話，不打高空，在國家財政最困窘的階段降低國庫支出、以新價值和新作法創造國有資產再利用和經營的奇蹟，解決數十年來無法處理的國營事業經營的困境，在泛藍陣營無力也無法杯葛的領域裡，默默耕耘，爲國家體質的轉型埋下生命的種子。一個有能力讓虧損的國營事業變成「金雞母」的政府，如果不值得期待，還有甚麼是值得期待的？

# 第六章

# 愛拚才會贏

二〇〇一年國內經濟呈現負成長百分之二點一八的困局，二〇〇二年在民進黨政府的努力之下，國內經濟已經走出衰退陰霾，經濟成長率躍進到百分之三點五九，居亞洲四小龍的第二位；而二〇〇三年儘管備受SARS疫情衝擊，復甦動能一度受挫，但政府毅然推動五百七十七億的「擴大公共建設方案」，現在股市、房地產都起飛了，下半年執行率目標更設在九成以上，只要沒有外部因素干擾，二〇〇三年台灣的經濟成長率可望達到百分之三以上。這就是民進黨政府經濟的具體績效。

國際社會對台灣的經濟發展實績評價更高：二〇〇三年世界經濟論壇（WEF）全球經濟成長競爭力指標上連續兩年亞洲排名第一，並且在十個重要的評比機構的評比中都呈現出進步的趨勢，這些亮眼的經濟成績不是天上掉下來的，是扁政府拚出來的。

## 公元二〇〇〇年：台灣經濟隱憂已現

有一些人將二〇〇〇年後經濟情勢不佳歸罪於政黨輪替。但稍有經濟學概念的人都知道，一個國家的經濟或有起伏，但是絕對不會在短短的一年內產生那麼大的變化，除非是經濟結構上出了問題！而經濟結構的問題，是長時間的積累，絕不是一天兩天內所造成的。

事實上，台灣經濟高度開放，尤其是近年來國內經濟高度依賴IT產品出口，二〇〇一年全球資訊科技投資的泡沫化，當然會衝擊國內經濟；而一九九〇年代以來，大陸所產生的磁吸效應，更使轉型未及的台灣企業大舉西進，產生產業空洞化的隱憂；更必須指出的是，二〇〇〇年政府轉換時，財政收支與金融體質早已明顯惡化，公共投資支出亦呈現縮減趨勢，國內經濟早已問題重重；二〇〇一年以來國際經濟的不景氣，只是更形突顯內在結構性失衡問題而已。

從稅收來看，近年來政府財政稅收多成負成長，二〇〇〇年度各級政府收支短絀更已增達三千五百六十億元，明顯較一九九九年度短絀四百五十六億元爲高；占GDP比率亦由一九九九年度的百分之零點五劇增至百分之二點五。

從金融適放來看，由於一九八〇年代末股市與房地產泡沫經濟留下餘毒未清，大幅放寬新銀行設立造成惡性競爭，我國金融資產品質快速惡化，並爲近年來經濟體質無法快速轉型種下遠因。一九九五年底，全體金融機構逾放金額爲三千五百一十五億元，但至二〇〇一年底則陡增至一兆三千二百七十四億元。同期間，全體金融機構逾放比率亦由百分之三大幅增至百分之八點一六，足足增加了有一點七二倍之多！而那時，新政府剛上台，尚未提出任何重大的金融政策。

從產業西進來看，台商赴大陸投資其實自一九九三年起即顯著擴增，也並非新政府執政後產業才加速外移。台商赴大陸實際投資金額在一九九三至一九九七年間投資金額平均為三十二點九億美元，也高於新政府執政首二年二十三億元與二十九億元水準。而一九九三至一九九七年台商赴大陸實際投資金額占台灣GDP比率平均為百分之一點二七，也高於新政府執政首二年百分之零點七四（二〇〇〇年）與百分之一點零六（二〇〇一年）。

此外，我國中央政府總預算中的法定支出高達百分之七十，歲出結構極為僵化；「政府固定投資」佔GDP比率從一九九四年的百分之七點三之後就一路下滑至二〇〇二年的百分之四點一，減幅達百分之三點一；而金額也從一九九九的五千三百零七億元，驟降至二〇〇二年的四千零二十七億元，減幅達到一千一百八十億元，公共投資不足其來有自。

這一切的病灶，都涉及國家經濟結構性調整的問題，效應的產生具有後延的特性，病情只會日益加重，但不會馬上顯現出來。二〇〇〇年國內政黨輪替，當年世界經濟成長高達百分之四點八，創一九九〇年代以來最高紀錄。事實上，在國內外經濟一片榮景的背後，國內經濟已潛存嚴重的結構性失衡問題，當碰上了二〇〇一年全球資訊科技投資泡沫化危機之後，台灣經濟體質所有潛藏的問題也隨之全部爆發出來。

## 轉型的契機：召開「經濟發展諮詢委員會議」

二〇〇一年三月八日，時任行政院長的張俊雄爲了因應全球經濟不景氣，希望透過加速公共投資以減緩對我國經濟發展的衝擊，並遏止失業率快速增加的現象，所以提出了「八一〇〇，台灣啓動」「擴大公共投資提振景氣方案」方案。這個方案是一個爲期一年的計畫。是在九〇年度中央政府公共投資預算的六千九百八十五億之外，在提出總計一千一百一十五億的追加預算，以使九十年度國家重大建設計畫預算可以達到八千一百億的規模。這個計畫的目的很清楚，就是爲了應短和救急！

扁政府就任後，眞正展開國家經濟轉型的契機，其實是要從經發會的召開算起。二〇〇一年五月十八日，陳水扁總統在就職週年前發表電視談話表示，希望藉由召開一個超越政黨的「經濟發展諮詢委員會議」，由他親自主持，邀請朝野政黨、學界智庫、企業領袖、勞工朋友一起參與，爲國家經濟長期的發展貢獻智慧、對症下藥，進一步落實「台灣優先」、「經濟優先」、「投資優先」的三大優先政策。陳總統隨後於五月二十一日出發進行就任後第二次的國是訪問——「合作共榮、睦誼之旅」，而「經濟發展諮詢委員會議」（後稱經發會）的籌備工作也就落在時任總統府秘書長的游錫堃身上。

五月二十三日，游錫堃首度邀集了行政院賴英照副院長、邱義仁秘書長以及總統府內多位核心幕僚就經發會的相關細節開始進行密集的討論。五月二十八日，短短五天之內，工作小組研擬出經發會草案，並電傳給遠在國外的陳水扁總統參考，主要內容包括：

1.會議作業區分三階段：①前置作業小組；②籌備委員會；③正式大會。

2.會議架構，區分為議題小組，每一小組設共同召集人三人，由產業界、學界以及官方或政黨一人組成，每一小組與會人員為二十一至二十五人。

3.組籌備委員會，設籌備會主任委員一人，籌備會委員暫時設定為二十一至二十五人。

4.經發會與會人員，包括：產（含勞工）、官、學、民間（含政黨）四類。每一類以五十人計，共約二百人。

5.會議議題，由行政部門主導，並應兼任幕僚任務，考量會議結論之可行性

6.會議時間，初步建議於六月下旬召開籌備會議，七月份召開正式會議。

陳總統拋出經發會構想後一個月，六月十七日下午，總統府秘書長游錫堃邀集了行政院副院長賴英照、經建會主委陳博志、民進黨秘書長吳乃仁、國民黨秘書長林豐正、親民黨副秘書長秦金生、新黨秘書長李炳南、立法院超黨派問政聯盟召集人趙永清及無黨籍聯盟召集

INK PUBLISHING

# 讀者服務卡

您買的書是：＿＿＿＿＿＿＿＿＿＿＿＿＿＿＿＿＿＿＿＿＿＿＿

生日：＿＿＿＿年＿＿＿＿月＿＿＿＿日

學歷：□國中　□高中　□大專　□研究所（含以上）

職業：□軍　□公　□教育　□商　□農

□服務業　□自由業　□學生　□家管

□製造業　□銷售員　□資訊業　□大衆傳播

□醫藥業　□交通業　□貿易業　□其他＿＿＿＿＿＿＿＿

購買的日期：＿＿＿＿年＿＿＿＿月＿＿＿＿日

購書地點：□書店　□書展　□書報攤　□郵購　□直銷　□贈閱　□其他

您從那裡得知本書：□書店　□報紙　□雜誌　□網路　□親友介紹

□DM傳單　□廣播　□電視　□其他

您對本書的評價：（請填代號 1.非常滿意 2.滿意 3.普通 4.不滿意 5.非常不滿意）

內容＿＿＿　封面設計＿＿＿　版面設計＿＿＿

讀完本書後您覺得：

1.□非常喜歡　2.□喜歡　3.□普通　4.□不喜歡　5.□非常不喜歡

您對於本書建議：

感謝您的惠顧，為了提供更好的服務，請填妥各欄資料，將讀者服務卡直接寄回或傳真本社，我們將隨時提供最新的出版、活動等相關訊息。

讀者服務專線：（02）2228-1626　讀者傳真專線：（02）2228-1598

| | | | | | |
|---|---|---|---|---|---|
| 廣 | 告 | | 回 | | 信 |
| 台 | 灣 | 北 | 區 | 郵 | 政 |
| 管 | 理 | 局 | 登 | 記 | 證 |
| 北台字第15949號 | | | | | |

235-62
台北縣中和市中正路800號13樓之3

# 印刻出版有限公司　收

讀者服務部

姓名：________________　性別：□男　□女

郵遞區號：__________

地址：________________________________

電話：（日）________________（夜）________________

傳真：________________

e-mail：________________________________

INK

人蔡豪等人，在台北賓館召開經發會協調會議。協調會最後獲致五項共識：一、經發會的定位必須合乎憲政體制；二、經發會應屬臨時性、諮詢性及專業性；三、召開會議前，應先召開籌備會及會前會；四、經發會排除處理意識型態的相關議題；五、經發會必須於八月底前結束，以便立法院復會後立法執行。並且約定於六月二十七日舉辦籌備會第一次會議。

這次協商會議順利結束，不但讓在野政黨認同召開經發會的必要性，舒緩了原本劍拔弩張的朝野氣氛，似乎也為朝野共同拚經濟立下了基石，社會氣氛突然為之樂觀起來。

八月二十四日至二十六日，連續三天在台北國際會議中心召開的「經濟發展諮詢委員會議」，五個分組一共達成三百二十二項共同意見，圓滿結束。

召開經發會的最大價值其實並不在這三百二十二項共同意見而已，更重要的是在這次會議中，讓我們看到了扁政府雖然面對朝小野大的困境，仍然能夠在逆境中努力，並且提出國家經濟轉型的戰略與策略出來。

陳水扁在開幕致詞時，根據分組會議的初步共識提出「深耕台灣、佈局全球」的新世紀國家經濟發展願景，同時也對兩岸經貿發展提出了「積極開放、有效管理」的基調，這是扁政府首次提出了完整的國家經濟發展戰略方向與兩岸經貿發展的未來基礎。

這項會議的召開宇圓滿落幕，也讓台灣人民看到扁政府有能力吸納社會各界、勞資雙方、學界智庫以及各黨派領袖的意見，整合出最大公約數，獲得多贏的局面。這不但是執政能力的展現，也是執政者心胸的表現。

## 奠基轉型的軌道：擬定「挑戰二〇〇八國發計畫」

經濟問題，是民進黨執政以來最大的痛腳，同時也是承受在野黨最多猛烈炮火攻擊的地方。在泛藍陣營攻擊和各媒體選擇性高標準的批評聲浪中，民進黨執政下的台灣被虛構成了千瘡百孔、水深火熱的沉淪之島，好像沒有了國民黨藍色系的萬年執政，台灣人民就落入萬劫不復的災難中，台灣宛如悲慘不堪的人間煉獄一般。

事實是這樣嗎？過去國民黨主政時，面對中國開放市場及全球化競爭，從來不曾對台灣整體產業的轉型提出有效對策，這使得政黨輪替之後，接掌政權的民進黨政府必須承受國民黨執政時期所種下的苦果。

民進黨政府面臨的嚴峻挑戰，在於如何改善台灣的經濟體質，並在國際分工的場域中佔據有利的位置。

行政院發言人林佳龍將在野黨的批評視爲一種承擔。他這樣說：「執政就是一種責任，面對種種難題，我們沒有任何推拖逃避的空間，只能在既有的現實上盡心盡力去做。」民進黨執政之後面對的各種嚴峻考驗，都是必要的承擔，最好的答覆，就是承擔下來，在和時間競賽的過程中做出成績。

行政院在二〇〇二年五月間提出的「挑戰二〇〇八國家發展重點計劃」，正是另一波爲台灣經濟體質打底的「承擔」的再開始。

這個計畫，從游揆上任之初就開始構思，經過與相關政務委員、部會首長和核心幕僚無數次夜晚和假期，經過腦力激盪後擬出了初步的架構方向，要爲台灣未來升級轉型奠定基礎。

過去國民黨主政時代也曾提出跨世紀的「亞太營運中心計畫」，不過這個計畫事後看來並沒有成功，也讓甫進入二十一世紀的扁政府吃足了苦頭。檢討起來，「亞太營運中心計畫」無法成功很重要的一個原因，就是政府部門的思維沒有跟著進步與轉型！

碰到這種大計劃提出來時，公務機關的慣性就是把過去做的計畫拿出來湊數。郝柏村宣示六年要投資八兆二千億元的「六年國建計畫」是這樣；連戰提出要投資二兆九千三百億元的新十二項建設也是這樣。總歸一句話，就是換湯不換藥。

扁政府所提出的「挑戰二〇〇八國家發展重點計劃」的作法則不一樣。游揆依據陳水扁所提「深耕台灣、佈局全球」的經濟戰略，先確立「以人爲本、永續發展」的核心價值，以及「全球接軌、在地行動」的發展策略，訂立「投資人才」、「投資創新研發」、「投資全球運籌通路」、「投資生活環境」四大投資主軸，然後才決定計劃項目，並且要求各部會所提出的計劃項目必須符合新的價值與理念才可以納入計劃。

這樣的作法逼迫各部會依據新的價值觀，開始修正既有計畫或是提出新的計畫來。此外，游揆更要求這個國發計畫務必充分表現在預算編列上，以迫使各部會改變慣性，開始檢討既有計畫的必要性，也讓國發計畫成爲推動台灣經濟轉型的重要支點。

而這項工作，是由被在野黨批評爲不懂經濟的民進黨政府手上所完成的。

## 開創「微笑曲線」兩端的附加價值

行政院副院長林信義在談到台灣的經濟發展遠景時，眼中充滿光芒，不過比較讓他感到憂心的是，台灣人不合作的民族性。譬如說某項產品成本是九元，如果大家都賣十元，每個廠商都可以賺一元；但就是會有人削價競爭，說他賣九塊九就好，這樣一來，市場行情就被打壞了，其他人只好跟進，於是行情從九塊八、九塊七……一路滑落，跌到九塊，甚至低於成本了還是有人做。接著，就有人會想偷工減料，也有人開始想要壓低成本來賺取利潤，如果這項產品在台灣人工成本佔了二元，搬去大陸的話，人工成本只要二角，光工錢的節省就賺一塊八。如果大家都用同樣的思維搬去大陸，一樣繼續用同樣的方法，那結果只是換了另一個舞台，大家繼續互相流血競爭。「產品若沒有自己的特色，最後還是無法生存。」

林信義認爲：「成本降低是有必要的，但如果心思只放在降低成本，這對產品競爭力的提昇是很有限的。重要的是要在設計、研發上下功夫，增加產品的功能和價值。成本可能要增加到十二塊，但可以因此賣到十五塊，也就不用和成本九塊的一起打渾仗。附加價值是很重要的，產品要有特色，行銷、研發、製程、服務有特色，就會吸引人，這樣才能生存。」

「台灣現在面臨的問題，第一是不景氣，但不景氣不用怕，因爲景氣將來總會回升。我們怕的是產業失去競爭力，那才是致命傷，訂單永遠不會再回來！所以，台灣不能再做便宜的產品，台灣要朝設計、研發的路去走，要做通路、行銷、品牌、營運的中心。」

台灣面臨開發中國家競爭時，要提昇產品的附加價值，要做附加價值高的產品，投資在技術、資本密集的關鍵零組件及關鍵原材料，能與低工資的開發中國家做出區隔，產業才能生存。林信義用施振榮先生的「微笑曲線」理論具體說明這一套台灣產業發展定位的思維。

在產業價值鏈中，微笑曲線兩端活動的附加價值最高，像是「創新研發中心」、「營運

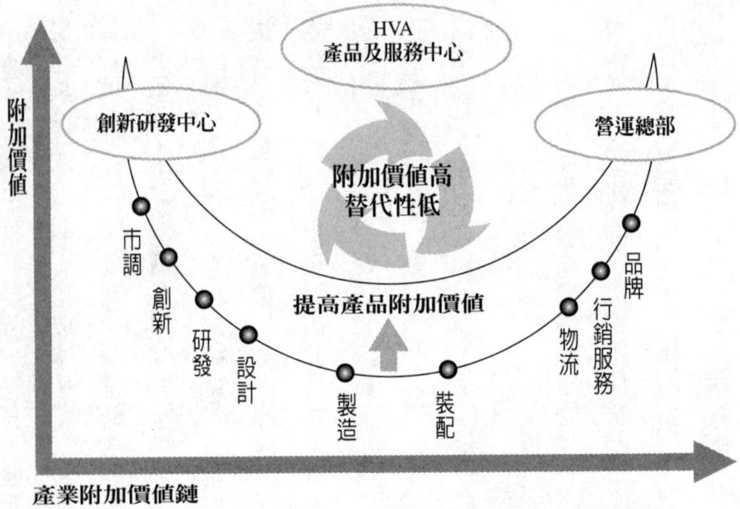


總部」的部分，這也是我們要掌握在手裡的核心競爭力。就像義大利的皮件、法國的服裝、香水產業，他們的工資也很高，但爲什麼產業還是可以具有國際競爭力？這是因爲他們掌握設計及通路品牌這兩個附加價值最高的關鍵，把高價少量的製作留在國內，廉價的部分就給別人做代工，台灣未來也要走這條路。

事實上，目前台灣企業界已有不少這樣的例子，例如捷安特，較便宜的一台賣二千零七十六元的鐵管腳踏車，二百五十萬輛的產量在國外作，但那種較高階的登山用、材料較高級、每台單價高達六千六百元的一百萬輛，則留在台灣做，產品一樣叫做捷安特，但設計及通路品牌這兩個附加價值最高的部分卻掌握在他手裡，這就是捷安特的生存之道。當然，台灣要走這樣的路線與定位，仍須補充人才不足的問題。

台灣二〇〇一年的研發經費約佔GDP的百分之二點一六，二〇〇〇年日本是百分之二點九八，美國是百分之二點七，韓國是百分之二點六八，比例看起來差不多，實質上卻有著顯著差距。以絕對金額來看，我國投入研發的絕對金額僅約一百一十億美元，日本是九百八十二億，美國則高達二千六百五十三億，韓國的投入金額也將近是我們的兩倍，達一百九十一億美元，我國投入研發的絕對金額實際上是嚴重不足的。原先政府預計十年內提昇研發支出至GDP的百分之三，現在進一步在五年內就要提昇至百分之三，這是目前扁政府的努力目標。

## 經濟轉型初步有成：創新研發中心直直來！

國發計畫開展了全面性經濟轉型與社會改造的列車，而要轉型成功，向「微笑曲線」兩端邁進，「全球運籌」和「研發創新」絕對是兩項最重要的指標。

國發計畫借鏡了美國經驗，將資源集中在吸引全球與本地企業在台灣設立「全球運籌中心」和「研發創新中心」兩項計畫上。以推動業界研發聯盟、建構特色產業技術開發園區、租稅減免、強化金融支援環境、提供優質行政服務以及國防役員額等誘因促使本土企業設立研發中心；此外，加強運用我國既有的產業優勢，鼓勵和我產業有互補利基的跨國企業利用台灣的科技資源，降低研發成本，並且主動出擊延攬有利我國產業發展與技術提升之項目來台研發。

到目前爲止，短短一年半的時間裡，經扁政府大力推動「創新研發中心」以及「營運總部」兩項計劃，已經成功吸引到包括 HP、SONY、IBM、Dell、Aixtron、Becker、Avionics、Pericom、Microsoft、Intel、Ericsson、AKT、Telcordia 等十三家重量級跨國企業在台設立十五個研發中心，六十三個本國指標性企業亦在台設立研發中心；此外，更有一百七十六家企業在台設立營運總部。

這樣的成果，是二〇〇〇年前所不曾有過的，也顯示台灣要擺脫廉價勞力競爭，促使產業高値化朝向「微笑曲線」兩端發展，在扁政府的努力之下已經有了初步成果。試想，如果台灣近年來沒有進步和轉型，這些世界知名的企業，會來台灣作這麼大、這麼重要、這麼多的投資嗎？

## 促進民間參與投資，讓民間動起來

林信義強調，由於國內外經濟情勢的變化，近三年來，國內投資率逐年下降，二〇〇二年降至百分之十七點二的低點。其中政府的公共投資由過去的七千多億一直下滑至五千多億，二〇〇二年降至百分之四點二，較一九九四年百分之七點三的高峰，下降了百分之三點一。相對的，民間的投資也是，固定投資大幅下滑，二〇〇一年呈現二位數字的負成長，二〇〇二年第三季起雖由負轉正，惟全年實質成長率僅達百分之一點六。

政府認爲這是個警訊，目前的政策，就是要提高政府公共建設，並誘發民間投資，刺激國內經濟景氣。換句話說，政府在政策上朝向由政府出一塊錢，民間出五塊錢，共同投資國家公共建設的方向前進。並期望在二〇〇三年達成一千億元BOT的簽約目標。

事實上，今天的台灣民間是相當有錢的，只要有合理利潤，民間自然就會投資。但是若要讓民間參與投資，政府就必須設計好的機制和遊戲規則，不能再像過去一樣，把所有的風險都推給民間業者承擔。

林信義舉中正機場捷運BOT案爲例，這個案子前後共延宕了六年，至今仍在原點打轉，長生案的規劃雖有創意，它的失敗不是技術問題，而是財務問題。長億集團考量機場捷運的運量不足以回收成本，提出龐大的土地開發計畫，將機場捷運建設經費納入區段徵收開發總成本，亦即機場捷運建設經費將由沿線土地開發所得挹注，使得機場捷運的主要收益轉爲開發利益。但案子開始後來第三、四年整個大環境產生變化，房地產市場陷入低迷，土地不好了，整個案子也就沒有辦法做了。如果當初政府能先設定一些退出機制，業者就可在三年前知道做不下去時退出，政府也還可重新公開招標。但因爲缺乏這樣的機制，機場捷運案只能繼續依合約走，直到第六年長億宣佈不能做後，依法還有中華工程要繼續議約，這樣再拖了半年，案子還是回到原點。

「要誘發民間投資來刺激國內經濟景氣，風險的合理分攤是一個關鍵因素。」林信義強調，現在政府規劃BOT案時，已經不再像過去那樣採取「規避風險」的做法。因此，促參委員會中也重新檢討BOT機制，讓政府與民間做到公共工程的風險分攤（risk sharing）與利潤與損失分攤（profit and loss sharing），創造誘因吸引民間資金與人才的投入。依據公共工程委員會統計，二〇〇二年全年促參案件僅八件，金額爲六點三億元；而二〇〇三年截至九月底，已有十五件正式簽約，民間投資金額約五百七十三億元，像南部高雄的SHOPPING MALL有一百七十三億，由統一得標；桃園的航空貨運站是由遠雄集團得標，金額也有一百六十八億；台北港的案子也有二百零三億元。目前政府正積極招商，舉辦各種商機說明會、博覽會，將來我們還會看到更多成功的促參案件。。

「這些案子將可爲政府節省數百億的一次性建設支出，並可減少每年爲數不少的營運經費，由這裡可以看到政府的用心與進步。」這些，是媒體沒有報導的，是民眾不清楚的。但政府默默在做，民間企業也熱烈在參與。台灣的經濟實力，不在那些以政治語言說話的政客口水中，在這些具體公共投資建設活潑湧動的活水裡。

## 「國際招商大會」肯定政府拚經濟績效

在林信義帶領各部會通力合作的努力下，「二〇〇三國際招商大會」十月份在台北召開，首日出席的外資廠商代表人數就超過政府預期，共有一千六百多位海內外投資者參與這場盛會。至十月十八日爲止，已確認之案件計一一三件，投資金額爲新台幣六百八十二億一千七百萬元，已承諾之投資案件計七十三件，預估投資金額爲新台幣七百零一億六千九百萬元，合計共一百八十六件投資案，投資金額近一千三百八十四億元，也高出

國際招商大會高峰論壇

原先規劃的一千億元基本目標。

身爲台灣國際招商靈魂人物的林信義在長達八個月的招商過程中，身體力行，扮演關鍵角色，以「顧客至上」的哲學，感動了國際知名廠商投入台灣投資。日商凸版印刷的日籍老闆，更因林信義一通主動打來的電話，深化在台投資信心，並決定擴大在南科的擴廠計畫。

媒體這樣報導：

日商凸版印刷從來未曾與林信義相識，在得知林信義僅是偶爾從媒體報導獲悉這個情況，讓凸版印刷對台灣政府主動解決外商面臨的投資困境相當感動，因此，決定持續將生產技術札根在台灣。

二〇〇三、十、二十《經濟日報》

林信義也主動解決工業區土地投資問題。過去國家的工業土地政策是科學園區的土地可以出租，但工業區土地不可以出租，只能用賣的。不過有許多工業區當初投資成本太高，近年來房地產市場又持續低迷，造成許多政府投資的工業區都乏人問津，賣不出去的工業區只能閒在那裡關蚊子，沈重的貸款利息壓力也使得工業區負債情形更加惡化。台南科技工業園區就是一個例子，台南科技園區當初開發時是用鹽田下去塡的，將本來硬梆梆的鹽田硬挖起來塡，開發成本一坪五萬多，已經不划算了，自然就沒有人會要。

工業區土地「〇六六八八專案」，是林信義擔任經濟部長時期「六六八八專案」的延續，廠商承租工業區土地前兩年不用錢，第三、四年租金打六折，第五、六年租金打八折，承租二十一年後土地將無償轉給承租人。這個專案將南科工、雲林、斗六、彰濱、利澤等五個工業區都納入，高雄的本洲也將納進來，自二〇〇二年五月開始實施，二〇〇一年一月至二〇〇二年四月的「六六八八專案」申請廠商也可以追溯適用。實施以來，到二〇〇三年十月二十二日，已經核准了三百三十六家廠商，面積達一百六十六點五公頃，投資金額一千三百多億，創造了近二萬二千個就業機會。不但有助解決工業區土地閒置問題，更能降低廠商用地取得成本，有效地讓廠商根留台灣。廠商留住了，接下來人民的就業機會自然就會更進一步增加！

## 政府要讓失業人口重回職場！

台灣在一九八六年時，服務業約佔百分之四十七點三，工業佔百分之四十七點一；到了二〇〇二年，服務業比例上升至百分之六十七點一，工業則下滑至百分之三十一，製造業的比例也由百分之三十九點四，下降到百分之二十五點九，這個趨勢和許多先進國家一樣。

台灣產業結構大幅轉變，高技術人力密集工業雖持續成長，但無法完全吸納傳統產業釋出的一般技術勞力，造成失業增加，結構性失業，是經濟高度發展國家共同面臨的問題，我國也不例外，台灣目前的失業問題有一大半來自這個原因。由數據來看，國內失業率由一九九九的百分之二點九二攀升至二〇〇二年的百分之五點一七，三年間增加了二點二五個百分點，政府相當重視這個問題，一直列為重大施政要點，並積極採行各項促進就業相關措施。

這是知識經濟所帶來的必然過程，也是全球的共同趨勢，知識經濟必然會有較高的失業率，要維持台灣以往百分之二至三失業率的水準其實是不符合實際的期待。以世界其他國家爲例，歐洲國家失業率多半高達八點多、九點多，新加坡失業率以前不高，現在也上升至百分之四點五，至於香港則更嚴重，現在已經超過百分之八，韓國在出現金融危機時，一度也到達百分之六點八，與國際比較，台灣失業情形尚屬和緩。

但爲保障社會安定，維持經濟穩定成長，政府仍非常積極在創造就業機會。民進黨政府對此相當在意，爲了解決失業問題，行政院訂定了中長期和短期的對策，在長期的方面，希望創造就業機會，培訓中高齡失業人才的第二專長，目前已在作的包括「照顧服務產業發展方案」、「中長期永續促進就業方案」、「國內旅遊發展方案」、「多元就業開發方案」及「職

業能力再提升方案」等，這些都需要一段時間，才能看出效果。（附件一）

政府在短期的對策上，就是要讓失業者馬上能找到工作，這就是行政院爲甚麼積極推動二百億「公共服務擴大就業計畫」及五百七十七億「擴大公共建設方案」的原因。政府預計在一年內分別開創九萬五千個與國發計畫相關聯之公共服務及中小企業人力協助之工作機會；四萬個與營建相關之就業機會，提供中高齡失業者立即且多樣性就業機會。

林信義用生動的方式說：

在行政院的構想中，對於失業勞工不能只是一直發給失業救濟金，那等於只是給他魚吃，重要的是要教他如何釣魚，但剛開始也許他的釣魚技術不好，所以短期必須多放一些魚讓他去釣，讓他釣得到魚。

這就是二百億公共服務擴大就業政策。其中三十三億是中小企業人力協助計畫，是要給中小企業去雇用失業人口，若企業每雇用一個失業人口，政府就給你一萬元補助，若以一個二萬五千元的職缺爲例，企業只要花一萬五千元就可以請到一個人，比請外勞還便宜。然後等到培訓期一過，受僱的人也已學會新的工作技能，企業還是用二萬五千繼續僱用他們，這個人就能再回到職場了。

這是行政院積極解決失業問題的終極目標，政府要讓失業人口重回職場！

本來這個二百億的公共服務擴大就業政策，是想要創造九萬五千個工作機會，將原來要用在救濟失業勞工的錢，拿到前面來用，讓這群退出勞動力市場的人有機會工作，至少維持一個最低的薪水（最低工資）而得以生活，讓整個社會不至於因爲失業、流浪所造成影響而付出更多的社會成本，這對一個家庭來說很重要，因爲他能維持一個個人尊嚴，也不至於立即影響整個家庭的生計。

有的人批評這些人效率低，等於拿錢在補貼他們，「站在國家角度來說不一樣，用在後面跟用在前面對國家資源總配置都一樣，但這樣的做法卻可以減少許多社會、家庭問題的發生。」林信義解釋。

遺憾的是，雖然民進黨政府想盡辦法，想要爲失業的人民尋求解套的辦法，在野黨卻也想盡辦法，杯葛政府解決失業問題，從不手軟。

二百億「公共服務擴大就業計畫」是去年就應通過的預算，立法院卻只通過法案，壓住預算，特別預算則遲至二〇〇三年六月方才通過，爲了解決失業勞工的燃眉之急，行政院只好先行動用就業安定基金來應急。目前期望在「公共服務擴大就業暫行條例」及「擴大公共建設振興經濟條例」落實執行後，可創造十三萬五千個工作機會。

惟就長期而言，全體就業機會能否止跌回升，取決於台灣經濟轉型是否成功，這個部分是需要大家一起來努力的。台灣的經濟發展，用最貼近的話來說，就是在夾縫中求生存，對產業界如此、對人民如此，對負有確保人民福祉責任的政府更是如此。今天的台灣，在全球經濟景氣低迷的大環境之下，還能維持受到國際權威經濟機構的肯定，躋身全球具有經濟競爭力國家之林，靠的就是民進黨政府在兩岸關係和經濟發展政策上務實、穩定、發展、開創的政策規劃和執行能力。

## 扁政府時代：有史以來最穩定與開放的兩岸關係

負責執行兩岸政策的陸委會主委蔡英文認爲，民進黨主政後，對於民間交流採取較爲開放的態度，兩岸交流比以前多很多！

回顧三年來的兩岸關係，其實隔空喊話有之，但實際的危險狀況卻從未發生。兩岸經貿關係也在扁政府手上以「積極開放、有效管理」取代了「戒急用忍」政策；而八吋晶圓廠也是在扁政府手上有條件開放赴大陸投資，兩岸人民關係條例首度大幅翻修，這些都是從來沒有過的事情。

此外，蔡英文指出，民進黨政府跟美國溝通的能量與能力都比舊政府來得多，這使得美國在兩岸關係上得以維持一個平衡的角色，更有助於兩岸關係的穩定。陸委會也注意到處理兩岸議題時，必須盡量以減少台灣內部內耗爲原則，善事溝通，取得各方理解，這三年多來，立法院內雖然會因朝野立委立場不同而相互對峙、辯論，甚至互戴帽子，不過甚少發生因爲兩岸政策而起的嚴重衝突。

陸委會主委蔡英文

台灣內部對兩岸政策之所以能夠減少內耗，蔡英文認爲，這也是經過幾個階段逐步整合而得來的：

首先，是李遠哲院長所領導的「跨黨派小組」奠定了基礎，雖然「跨黨派小組」在政府中並沒有明確的法律地位，但爲朝野整合出一個台灣社會可以接受的基本盤。

其次，經發會就兩岸經貿議題上達成三十六項共識，可說是對兩岸經貿問題作出總整理，其中諸如對哪些經貿事項要從什麼角度切入，掌握那些原則，要具備那些條件，都形成基本共識，並明確釐清政府在近、中、遠程所要做的事務。對於經發會的成就，蔡英文相當肯定。

第三，是「兩岸關係條例」的修正，這也可說是朝野政黨意見的整合，這次「兩岸關係條例」的修正幅度爲十年來最大的一次，過程雖然漫長，也受到一些挫折，但長遠來看，就是希望凝聚朝野共識，讓兩岸經貿、社會交流的法律基礎更加完備。比如「直航」究竟是要採許可制或一般的管理，經過意見整合後，大家還是承認應該採取「許可制」，這代表大家都承認「開放」的方向沒錯，但過程仍要小心，要讓政府的公權力在開放的過程中，有一定的調節和管制作用。蔡英文認爲，類似這種內部共識的整合，過程雖然困難且時有挫折，但卻是必要的，而且是具有政策意義的。

維持兩岸關係穩定，是民進黨延續國民黨執政時期不變的政策，不同的是，國民黨時代不斷講「統一」，是以立場接近中國來維持兩岸關係的穩定；民進黨則是從結構性做思考，以「重視內部整合」、「保持與大陸資訊流通」和「與美國維持良好溝通」三者並行的做法。在這樣的做法下，即使有什麼問題，透過資訊的流通可以讓大陸了解在我們的民主社會裡有些現象是必要的，或者透過美國，作爲平衡者、第三者角色的解釋，也可以讓大陸了解、接受民主社會運作的情況，以避免對情勢產生誤判。

民進黨雖是強調台灣主權的政黨，但還主張台灣前途、台灣和中國大陸的關係要由人民來決定。在這種比較進步、開放的觀念下，我們能和中國維持穩定的關係，主要是民進黨處理問題的手法不一樣。

## 在開放中找尋管制風險的方法

若以政黨輪替前後兩任政府來做比較，蔡英文認爲，民進黨政府比舊政府更願意面對問題，像是經貿的開放，就不只是口號，而是眞正要做的事。兩岸經貿往來存有一定的風險，過去的做法是以禁止或高度管制來規避風險，但民進黨政府的做法，則是在開放中找尋管制風險的方法，也就是在開放中找出有效管理的方法，調整之後再作下一階段的開放，如此環環相扣，持續著做，才是比較符合現代的風險管理觀念的做法。

蔡英文也深刻地注意到，在當前國家面對全球化的過程中，個體經濟和總體經濟存在著衝突現象，例如企業爲了追求全球競爭力，通常需要把生產部門移出到大陸，以較低的生產成本維持全球競爭力。

傳統的思考，總認為只要滿足企業的需求，就會對國家總體經濟產生幫助，但從一九九〇年代中晚期以後，全球化的浪潮席捲，許多國家這才發覺國家和企業是有衝突的，像是企業外移以提高競爭力，卻也相對地把失業問題丟給國家，國家因此必須透過福利措施來照顧失業者，或者創造新的產業來吸納失業者。台灣目前的處境就是如此。外界有人批評民進黨執政後亂花錢，但事實是，台灣在全球化浪潮中，已無可避免於必須以福利措施，來照顧在競爭過程中被排除在就業市場外的人民的地步了。

同時政府也有必須創造新的產業來吸納失業勞工的壓力，但這些都需要花時間。現在企業移出的速度快速，像筆記型電腦，這幾年間已有將近一半的產能外移，但創造新的產業卻需要很長的時間，兩者之間具有時間落差。政府必須站在總體的角度來調整政策，避免產業過度快速外移，而國內新產業的成形不及，造成台灣產業空洞化，導致失業率上升、社會集體焦慮感出現，而影響台灣經濟發展的動力。

針對有人指責民進黨政府「意識型態掛帥」，阻撓兩岸三通與經貿發展，蔡英文認為這個看法是錯誤的，因為持這種論調的人無法了解兩岸關係之間存有相當複雜的因素。任何一個負責任的政黨站在政府的位置上，處理這個問題都會很小心、都要很謹慎。在野黨無須負終極的政治責任，可以主張立即、大幅度開放，但政府必須思考開放以後所衍生的負面效應，並尋求對策，所以政府一方面開放，另方面更必須將開放後可能產生的負面效應納入政策思考，考量相對的能力和速度能否搭配的問題。

在兩岸政策的決策過程中，蔡英文同意，最大的難點還是在國內政黨競爭的環境，台灣是個民主國家，政黨背後有著民意的壓力，不同政黨對於兩岸政策的看法不一，要求的速度也各自不同，政府開放兩岸交流，快慢之間不易拿捏，但政府的責任是必須落實政策，必須一步一步穩定前行，從而也必須對各方都有個合理的說辭，並在應該堅持的政策上，依據專業判斷抗拒壓力，面對指責。

對於兩岸關係議題的處理態度，蔡英文心中也有一把尺，那就是「對我們自己的人要有基本的信賴」。蔡英文強調，無論是反對黨或是意識型態不一樣的人，畢竟都生活在台灣，他們思考問題的基本面和我們差不多都是一樣的。「如果不能對自己人有基本的信賴，我們就沒有往前走的基礎。」在這樣的前提下，蔡英文任內逐漸化解媒體或在野黨立委的誤解，她相信持反對意見的人是爲台灣好的，理性溝通由這裡開始。

我們觀察民進黨執政三年多來兩岸關係的發展，雖然台灣在堅持不接受「一個中國」的原則下，兩岸關係似乎停滯不前，但實質上從陳水扁就職時「四不一沒有」的談話，到「開放小三通」所展現的種種善意，在在都發揮了穩定兩岸關係的作用，同時在陸委會較以前靈活的做法下，也讓對岸的中共政權了解、調整要如何和一個民主化的國家打交道，所以兩岸關係雖然沒有在形式上有重大的突破，但在維持穩定的目標上所表現的成績卻是有目共睹的！

目前，陸委會的兩岸直航報告已經出爐，「兩岸關係條例」修正通過，也預告著未來的兩岸關係將在實質上更進一步進展。扁政府執政的時代，兩岸關係的發展並不像某些人士所批評的是一種倒退的狀況，相反地，兩岸關係的處理與拿捏，其實比前階段更為穩健，也更為進步開放！

## 國家轉型有成績，國際競爭力評比迭報嘉音

我們如果對自己的成就沒有信心，對官方提供的資料也相對質疑，那麼看看國際社會對台灣的評價如何吧！看看以下一些重要的、權威的國際組織對台灣和其他國家所做的評比，就可清楚民進黨執政下的台灣經濟從未被國際社會看壞、也從未被看衰過：

（一）瑞士世界經濟論壇（WEF）二〇〇三年十月三十日發佈二〇〇三年全球競爭排名，受評比的一百零二個經濟體中，台灣在「成長競爭力」指標上連續二年排名亞洲第一，國人一向多所稱讚的新加坡連續兩年落於我國之後；而在世界排名第五，較二〇〇二年進步一名，緊次於芬蘭、美國、瑞典和丹麥。此外，在表現一國當前生產力和經濟表現的「商業競爭力」指標上，台灣排名第十六，和去年相同。台灣二〇〇三年成長競爭力排名能提昇，主要是因爲技術表現良好及總體經濟環境穩定所致。

（二）英國經濟學人資訊中心（EIU）全球展望報告指出，台灣未來五年（二〇〇三—二〇〇七）經商環境由良好（good）上揚至最高級的優良（very good），在全球六十國中排名十八位，亞洲國家中居第三位，與去年相同，領先南韓、日本及大陸。

（三）根據瑞士國際管理學院（IMD）今（二〇〇三）年五月發布世界競爭力排名報告指出，在人口數超過二千萬以上的三十個受評國中，台灣總體競爭力排名第六，較二〇〇二年進步一名（參表一）。顯示近年來政府致力改善總體經濟環境，推動提升國家競爭力，已有相當成效。排名在我國之前的前五名分別爲美國、澳洲、加拿大、馬來西亞和德國。亞洲國家中，除馬來西亞外，均落於我國之後，我國在亞洲國家中仍深具競爭力。

更細部地看，衡量一個國家的競爭力可從四大類指標（包括經濟表現、政府效能、企業效能及基礎建設）來評價。二〇〇三年五月，瑞士國際管理學院發布的世界競爭力排名報告中，詳列了台灣的四大指標評比：

1. 「企業效能」：台灣最具競爭優勢的部門是「企業效能」，名列第四，排名與去年相同（參表二），排名在台灣之前的前三名分別爲美國、澳洲和加拿大，亞洲國家均落於台灣之後（參表一）。這顯示台灣勞動市場仍具彈性，企業在追求創新、利潤和社會責任下，仍能提高企業的經營效率。

2. 「政府效能」：台灣排名第六（進步三名），排名在台灣之前的前五名分別爲澳洲、美國、馬來西亞、加拿大和泰國。亞洲國家中，中國第九、中國浙江第十、日本第十七、南韓第十八、印度第十九、印度馬哈拉西拉第二十、菲律賓第二十一、印尼第二十七，均落於台灣之後；其中「財政政策」被評爲全球第一（參表三），爲政府施政顯著的成果之一。

3. 「基礎建設」：台灣排名第七（排名與去年相同），排名在台灣之前的前六名分別爲美國、澳洲、加拿大、德國、日本和法國。亞洲中國家，除日本外，均落於台灣之後；另可由各中分項的排名看出科技實力及人才的培育仍是台灣具國際競爭優勢的部分。

4. 「經濟表現」：台灣名列第十一（進步六名），在四大分類中排名雖相對較落後，卻是排名進步最多的項目，此主要受去（二〇〇二）年台灣經濟自二〇〇一年的負成長百分之二點二轉為正成長百分之三點六，以及去年下半年出口呈二位數字的快速成長等因素影響所致。排名在台灣之前的前十名分別為美國、中國、德國、法國、英國、加拿大、泰國、馬來西亞、西班牙和澳洲。亞洲國家中，除前述之中國、泰國和馬來西亞等三個國家外，均落於台灣之後（參表一）。

而由我國在IMD世界競爭力評比排名的進步來看，我國國內總體經濟環境和政府效能的競爭力提升都受到國際肯定，缺憾的只是在「價格」、「國際投資」、「就業」等評比項目方面仍需加強。

這樣一份成績單，是民進黨政府三年來奮鬥的成果，民進黨政府當然不能自滿，台灣民間的期待絕不止於此，但民進黨政府拚經濟的實績也絕不至於像在野黨說的那樣一無是處。

此外，根據「世界經濟論壇」的評比看，台灣成長競爭力的排名現在已是全球第五名，在全體亞洲國家中排名第一，台灣的優勢還是存在著。台灣有優越的地理位置，平均三小時內可飛行至亞太八大主要機場；而基隆、台中、高雄三個港都是深水港，中國目前只有寧波與大連二個深水港，加上現在正在建設的上海，總共也只有三個而已。台灣除了有優越的地理位置外，資金、人才也很多，目前急需做的恐怕是資源整合，台灣產業要去運用大陸的廉價勞力、人力沒有關係，但是核心能力則一定要抓在台灣手裡，而這個核心能力就是研發創新以及運籌行銷。

當國際社會對台灣的經濟發展實績給予掌聲、給予肯定的同時，身爲國家主人的我們不妨冷靜想想：在夾縫中求生的台灣，如果我們也像泛藍陣營的政治人物一樣，只看到巨石擋道、陰影密佈，而忘了展現在我們眼前的，其實是夾縫外更燦爛的天光，我們將只會是夾縫中的魚，在看衰台灣的死水中逐漸死去。

表一　2003年瑞士國際管理學院（IMD）世界競爭力排名情形（第1組－2千萬人口數以上之經濟體）

| | 總排名 | 經濟表現 | 政府效能 | 企業效能 | 基礎建設 |
|---|---|---|---|---|---|
| 1 | 美國 | 美國 | 澳洲 | 美國 | 美國 |
| 2 | 澳洲 | 中國 | 美國 | 澳洲 | 澳洲 |
| 3 | 加拿大 | 德國 | 馬來西亞 | 加拿大 | 加拿大 |
| 4 | 馬來西亞 | 法國 | 加拿大 | 中華民國 | 德國 |
| 5 | 德國 | 英國 | 泰國 | 馬來西亞 | 日本 |
| 6 | 中華民國 | 加拿大 | 中華民國 | 德國 | 法國 |
| 7 | 英國 | 泰國 | 西班牙 | 英國 | 中華民國 |
| 8 | 法國 | 馬來西亞 | 英國 | 聖保羅州（巴西） | 英國 |
| 9 | 西班牙 | 西班牙 | 中國 | 泰國 | 馬來西亞 |
| 10 | 泰國 | 澳洲 | 浙江省（中國） | 南非 | 西班牙 |
| 11 | 日本 | 中華民國 | 哥倫比亞 | 法國 | 南韓 |
| 12 | 中國 | 印度 | 德國 | 西班牙 | 義大利 |
| 13 | 聖保羅州（巴西） | 浙江省（中國） | 聖保羅州（巴西） | 巴西 | 聖保羅州（巴西） |
| 14 | 浙江省（中國） | 日本 | 法國 | 馬哈拉西拉（印度） | 哥倫比亞 |
| 15 | 南韓 | 義大利 | 南非 | 浙江省（中國） | 土耳其 |
| 16 | 哥倫比亞 | 馬哈拉西拉（印度） | 墨西哥 | 土耳其 | 泰國 |
| 17 | 義大利 | 墨西哥 | 日本 | 義大利 | 中國 |
| 18 | 南非 | 南韓 | 南韓 | 哥倫比亞 | 俄羅斯 |
| 19 | 馬哈拉西拉（印度） | 菲律賓 | 印度 | 印度 | 巴西 |
| 20 | 印度 | 巴西 | 馬哈拉西拉（印度） | 南韓 | 羅馬尼亞 |
| 21 | 巴西 | 哥倫比亞 | 菲律賓 | 日本 | 南非 |
| 22 | 菲律賓 | 聖保羅州（巴西） | 巴西 | 羅馬尼亞 | 阿根廷 |

| | 總排名 | 經濟表現 | 政府效能 | 企業效能 | 基礎建設 |
|---|---|---|---|---|---|
| 23 | 羅馬尼亞 | 南非 | 義大利 | 菲律賓 | 浙江省（中國） |
| 24 | 墨西哥 | 印尼 | 羅馬尼亞 | 中國 | 波蘭 |
| 25 | 土耳其 | 俄羅斯 | 俄羅斯 | 墨西哥 | 馬哈拉西拉（印度） |
| 26 | 俄羅斯羅 | 馬尼亞 | 土耳其 | 波蘭 | 菲律賓 |
| 27 | 波蘭 | 波蘭 | 印尼 | 俄羅斯 | 印度 |
| 28 | 印尼 | 土耳其 | 波蘭 | 委內瑞拉 | 委內瑞拉 |
| 29 | 阿根廷 | 阿根廷 | 阿根廷 | 阿根廷 | 墨西哥 |
| 30 | 委內瑞拉 | 委內瑞拉 | 委內瑞拉 | 印尼 | 印尼 |

註：在第1組中，IMD今（2003）年新增4個受評經濟體：羅馬尼亞、巴西的聖保羅州（Sao-Paulo）、中國的浙江省（Zhejiang）和印度的馬哈拉西拉（Maharashtra）。

資料來源：www.imd.ch/wcy.

表二　我國在瑞士國際管理學院（IMD）2003年世界競爭力年報近五年之排名

| 項　目 | 1999 | 2000 | 2001 | 2002 | 2003 | 排名變動 |
|---|---|---|---|---|---|---|
| 總排名 | 5 | 6 | 5 | 7 | 6 | （+1） |
| 四大類 | | | | | | |
| 一、經濟表現 | 8 | 12 | 12 | 17 | 11 | （+6） |
| 二、政府效能 | 5 | 6 | 7 | 9 | 6 | （+3） |
| 三、企業效能 | 2 | 4 | 3 | 4 | 4 | （0） |
| 四、基礎建設 | 7 | 7 | 7 | 7 | 7 | （0） |

註：

1. +，－號表示較上年排名進步或退步。
2. IMD2003年將59個受評國分爲兩組進行評比，第1組爲人口數超過2千萬以上的30個經濟體，第2組爲人口數低於2千萬的29個經濟體，台灣被列於第1組中。
3. IMD2003年世界競爭力排名係針對4大類、20中分項和321項細項指標綜合計算後做出各國世界競爭力之排行。

資料來源：www.imd.ch/wcy.

**表三　我國在瑞士國際管理學院（IMD）2003年世界競爭力年報大、中分類項目之排名**

| 大、中分類 | 2003年排名 |
|---|---|
| 綜合競爭力排名 | 6 |
| 壹、經濟表現 | 11 |
| 一、國內經濟 | 12 |
| 二、國際貿易 | 2 |
| 三、國際投資 | 15 |
| 四、就業 | 14 |
| 五、價格 | 19 |
| 貳、政府效能 | 6 |
| 一、公共財政 | 13 |
| 二、財政政策 | 1 |
| 三、法規體制 | 11 |
| 四、企業體制 | 11 |
| 五、社會架構 | 10 |
| 參、企業效能 | 4 |
| 一、生產力 | 3 |
| 二、勞動市場 | 3 |
| 三、金融 | 5 |
| 四、管理工作 | 5 |
| 五、行為態度及價值觀 | 6 |
| 肆、基礎建設 | 7 |
| 一、基本建設 | 10 |
| 二、技術建設 | 6 |
| 三、科學建設 | 5 |
| 四、醫療與環境 | 11 |
| 五、教育 | 6 |

資料來源：www.imd.ch/wcy.

【附件一】政府擴大就業機會相關計畫暨方案

| 方案名稱 | 院核定時間 | 實施期程政 | 策目標或預期效益 |
| --- | --- | --- | --- |
| 照顧服務產業發展方案 | 91年1月31日核定通過 | 91-96年 | 1.6年創造約5萬個就業機會。<br>2.建構多元化福利服務體系。<br>3.促進人力資源有效運用。<br>4.福利經濟效益極大化。 |
| 中長期永續促進就業方案 | 91年4月22日核定通過 | 91-93年 | 3年內促進11萬人就業，每年培訓13萬6千餘人；核發職業訓練券500人；補助訓練生活津貼5千餘人；輔導就業之受惠人數26萬5千餘人。 |
| 國內旅遊發展方案 | 自92年起，公務人員休假補助費將改發「國民旅遊卡」，以利配合推動。 | 92- | 1.整合觀光旅遊資源，提升國人旅遊品質。<br>2.配合國內旅遊發展方案，振興觀光旅遊產業，預估每年帶動之旅遊商機至少60億元以上。<br>3.帶動非假日旅遊風潮，提高觀光資源使用率，降低業者經營成本。<br>4.增加觀光旅遊業工作機會，提供中高齡再就業機會。<br>5.結合旅遊及金融市場，間接提振金融行業。 |

| 方案名稱 | 院核定時間 | 實施期程政 | 策目標或預期效益 |
|---|---|---|---|
| 公共服務擴大就業計畫 | 追加預算已於92年6月5日通過，經總統92年6月18日公告生效起實施。 | 先實施一年，期滿視經濟發展表現、失業情況，檢討是否延長。 | 一年內增加8萬2千個就業機會，期使失業率於92年底前降至4.5%以下。 |
| 職業能力再提升方案 | 91年8月9日核定通過。 | 91-93年 | 1.有效整合各部會職業訓練資源<br>(1)重新配置人力需求，以符國家發展重點計劃需要。<br>(2)寬列職業訓練經費，以應知識經濟時代人力資本投資需要。<br>(3)配合訓用合一機制，培訓具產業前瞻性之優質勞動力。<br>2.爲配合「國家發展重點計畫」勞動力提升需求<br>(1)因應產業結構轉型，提升知識與創新能力方面, 預計3年約可培訓47萬人次，訓練經費計87億元。其中，對象以高級人力訓練及在職者訓練爲主。<br>(2)爲配合生活品質產業發展，在加強轉業及再就業能力方面, 預計3年約可培訓95萬人次，訓練經費計32億元。其中，對象以基層人力訓練及失業者訓練爲主。 |

| 方案名稱 | 院核定時間 | 實施期程政 | 策目標或預期效益 |
|---|---|---|---|
| SARS紓困措施員工薪資貸款 | 依「嚴重急性呼吸道症候群防治及紓困暫行條例」第14條及92年5月行政院SARS疫情防治及紓困委員會經濟及產業組第二次會議決議辦理。 | 自即日起至92年7月31日止 | 協助受SARS影響之產業支付員工薪資，保障員工權益，維持企業正常運作。 |

# 第七章 十個月又五天的奇蹟

國民黨中生代實力派政治人物，台中市長胡志強有感而發地說：「人家都說外交是不可能的藝術，但中科在游院長的領導下卻變成可能的藝術，成為行政院團隊近年來最亮眼的政績。」從規劃到動土，中部科學園區僅花費十個月又五天就能完成，這樣的行政效率，無論是從投資廠商，或是從政治上處於競爭對手的泛藍陣營看，都是一件了不得的事。這就難怪胡志強要說出他的心頭話了。

民進黨執政三年來的評價，社會有不同解讀。「執政」不是政黨存在或者勝選的目的，為人民鋪陳最好的的幸福生活環境，建立一個新的家園社會，才是執政的眞正目的。一個在台灣人民含淚祝禱中成長的政黨，在一張張選票的肯定下初掌國家機器，執政經驗從零開始，有許多事務要學，有許多工作要做，執政前向人民宣示的承諾必須實踐，對台灣的責任必須扛起；這是執政團隊沉重的，卻又甜蜜的負擔。

國家安全及兩岸、外交是民進黨執政後面臨的首要挑戰。陳總統訪美「欣榮之旅」，多項突破性、歷史性的美台互動形式，說明了我與盟邦關係的強固。兩岸關係這幾年來也相對穩定，徹底粉碎了陳水扁競選總統時泛藍系「民進黨上台，共產黨就來」的耳語，並且以堅定的台灣主權論述，迫使中共做了些政策調整跟讓步。

近四年來，台海波瀾不大，使得台灣獲得更好的談判位置，人民可以放心過活，這樣穩定而不躁進、堅定而不游移的兩岸政策基本上是成功的。雖然與大陸的經貿投資仍然有限度、採取漸進的方式，但在中國對台灣的敵意尚未解除前，民調顯示，人民也支持政府這種確保台灣主體性及安全性的做法。

政權輪替之際，台灣軍隊的動態備受國際矚目。到今天，軍隊士氣高昂，人事穩定，維持著高度向心力。國防二法的立法，讓國軍脫離政黨控制，成爲眞正屬於國家、效忠人民的軍隊，並因此受到人民信賴、尊敬，也履行了軍隊國家化、並進一步向現代化、專業化邁進。國軍轉型成功，一方面顯示民進黨處理國防事務的嫻熟精準度，同時也使得許多國際學政界人士對台灣國軍的表現刮目相看，認爲這是台灣民主經驗最可貴之處，是造成台灣成爲所謂第三波全球民主化典範的主要原因。

陳水扁總統「欣榮之旅」，抵達阿拉斯加安克拉治機場，州長穆考斯基（左）在機場舉辦一場簡單隆重的接機典禮。

在野時期，民進黨對於社會福利，尤其勞工的福利、勞工法案、女性兩性平權、兒童福利、弱勢族群議題，都有相當進步、前瞻的主張和規劃，但政策落實時，需要國會配合立法，通過預算。在泛藍陣營抵制下，執政的第一個四年還沒有能徹底落實。但能做的，民進黨就毫不折扣地做。比如對於弱勢族群的照顧、權益和文化傳承，民進黨政府上台後，先後成立原住民學院、客委會、客家電視台、客家學院。這些高度指標性的政策實踐，每一件都是一塊里程碑，標誌台灣族群共存的重大意義。

政策，反應一個執政黨的價值觀。「反中央集權」與健全地方自治是民進黨的創黨理念；在原住民與客家政策上，民進黨主動做、提早做，不是因爲原住民與客家人的壓力，也不是爲了拉攏選票，而是民進黨是由弱勢政黨開始，從政治邊陲出發，爲弱勢者打拚奮鬥。

這些政策的落實，是在完成，也是在體現民進黨從黨外開始的誓願。

此外，統籌分配稅款的制度改革，以及人事財政權的下放，都是爲了建構更好的國家發展體制。執政，使民進黨擁有力量解決過去傾斜的問題，價值觀得以實現。

在野黨經常批評民進黨政府沒有效率，這話不能說沒有幾分道理；的確，只要與立法院議案相關，效率就大幅降低！但是行政院不能拿國會扞格做藉口，即使面對批評的聲浪和惡質的政治環境，還是得忍辱負重，以加倍的氣力、加倍的時間，努力做事。扁政府既然已經向台灣人民承諾「拚經濟、大改革」，就必須說到做到。時間不等人，對於游錫堃領導的行政團隊來說，最大壓力，可能不是國會，不是在野黨，而是如何和時間賽跑！

游揆領導的整個行政團隊部會，經過一年多來的努力，不少國民黨長期執政時期未能完成的事情，如今都逐一解決，展現了驚人的執行力，讓國人眼睛爲之一亮。

像是中部科學園區從規劃到動土，僅僅花了十個月零五天時間；

像是北宜高速公路雪山隧道的艱難工程已被克服，且可大幅提前完工；

像是改善兩百五十萬南部民眾企盼了五十年的飲用水問題；

像是整頓國營事業，化負債爲資產……。

這些在在呈現了民進黨作爲一個執政黨的擔當與魄力！

## 可能的藝術：中部科學園區快速動土

二〇〇三年七月二十八日，趕在農曆七月的最後一天，中部科園區與友達光電台中廠同時舉辦動土典禮，現場充滿濃厚的歡喜氣氛，除了國科會副主委黃文雄、友達董事長李焜耀兩名主人外，陳水扁總統、行政院長游錫堃、經濟部長林義夫、台中縣長黃仲生以及台中市長胡志強等全員到齊，且有二千名台中縣市民眾與會，場面非常盛大。

友達董事長李焜耀在致詞時表示，友達選擇中科擴廠是根留台灣，而選擇中科，最主要的是能夠順利、快速地取得土地。友達台中廠是國內首座五世代後次世代TFT（薄膜液晶體顯示器）生產線，未來將投入二千億元資金，創造五千到一萬個就業機會。在中科籌備期間，對於相關行政單位多方關切的行政院長游錫堃，也有感而發指出，友達光電從選址到動土只用了短短的時間，這是中央與地方合作的最佳典範。

陳水扁總統在動工儀式致詞時表示，中部科學園區是他競選總統時的承諾，也

中部科學園區與友達光電台中廠聯合開工動土典禮，由陳水扁總統（右三）、行政院院長游錫堃（右四）等共同主持。

是政府執行力的最佳典範，他也承諾中部除了三個第三：科學園區、國際機場及升格直轄市之外，大台中還將有三個第一，包括第三高速公路、鐵路高架化、捷運化，以及第一個國際藝術殿堂座落在台中。

國民黨中生代實力派政治人物，台中市長胡志強不以政治立場掛帥，有感而發地且相當持平地說：

人家都說外交是不可能的藝術，但中科在游院長的領導下卻變成可能的藝術，成爲行政院團隊近年來最亮眼的政績。

從規劃到動土，中部科學園區僅花費十個月又五天就能完成，這樣的行政效率，無論是從投資廠商，或是從政治上處於競爭對手的泛藍陣營看，都是一件了不得的事。這就難怪胡志強要說出他的心頭話了。而這樣的成績背後，隱藏著一段行政團隊努力的過程，則是外界並不十分清楚的。

台中科學園區於二〇〇二年九月二十三日定案，但眞正開始規劃，則是二〇〇三年初的事。若以竹科和南科興建的前例估算，大概得花三到六年時間，行政院規劃的案子也預估最快得到二〇〇五年一月，才能開放給廠商進駐。

問題是，近年來廠商外移嚴重，眞要等到二〇〇五年完成，廠商恐怕早跑光了，行政院於是提早開發完工時程，國科會承諾可提前到二〇〇四年六月完工，行政院認爲還是太慢，要求再提前至二〇〇三年年底，最少，把這個時間當作目標，做個努力。

就在此時，「友達光電」董事長李焜耀赴行政院拜訪副院長林信義，希望能在竹科找到三十公頃土地擴廠，但竹科其實已沒有地方可以吸納了，因此林信義建議友達考慮中科，因爲二〇〇三年年底中部第二高速公路就會完工，從新竹到台中只要二三十分鐘，高鐵也預計在二〇〇五年十月以前完工，屆時十幾分就可以到台中。「現在整片土地可以讓友達先選，可以選一個最好、最想要的。」

友達光電董事長李焜耀考慮之後，在佔地一百五十公頃的中科，選了六十多公頃。中科規劃籌備期間，友達希望政府能提早至十月一日開工，後來又考量到與競爭對手競爭，希望能趕在農曆七月前的最後一天動工；因爲如果趕不及，建廠時程勢必要後延一個月，該公司次世代TFT新廠勢將趕不及二〇〇五年第一季與南韓廠商新建的TFT廠同時進入量產。這不是友達建廠快慢的事，而是我國平面顯示器是否能和外國競爭的大事。

了解友達光電的需求後，經建會於是再度壓縮時間，終於趕在農曆七月前的最後一天，七月二十八日，友達光電順利開工動土，而中科所在地的台中市、縣也很配合，先後通過環境評估、水土保持評估。政府一改過去公文旅行的作業模式，同時進行兩個評估案的審查，於是時間縮短了，效率提高了，結果只花了十個月又五天就完成了所有的程序。

中科動土典禮本來有點趕鴨子上架的味道，不過最後總算不負眾望如期完成。因為動土典禮日期是友達最先挑定，國科會是搭順風車，也同時為中科舉行動土典禮。

動土典禮前，仍有許多困難必須克服。

就在國科會與友達光電於七月底聯名邀請各界蒞臨動土典禮時，發生了一個插曲。原來國防部在七月二十五日行文國科會，要求進駐中科的廠商簽署不得向軍方究責的切結書，因為中科位於清泉崗航道下，未來可能因軍機起降噪音，對生產線造成影響，如廠商不願簽署，國防部將要求台中縣市政府不得核發中科開發建照。

國科會收到公文後緊急處理過程中，赫然發現負責籌備中科的竹科管理局尚未申請到雜項執照，於是立即向政院求援，並與台中縣市政府連絡。在快馬加鞭作業後，中科終於趕在動土前最後一個上班日取得台中市政府核發的雜項執照，解決了動工的問題。

中部科學園區的開發，是政府既定的重大施政計畫之一，它的台中基地土地面積為三百三十二點五七公頃，行政轄區包括台中縣市政府，全區將採分期開發，第一期面積約二百四十三點五七公頃，分北、中、南三區開發，預計將於二〇〇五年八月完成；第二期開發面積約八十九公頃，預定二〇〇六年十二月完工。

成爲首家進駐中科園區的友達光電，預定面積爲六十公頃，採分期投資方式，先投資九百億元興建中科新廠首期工程，預計二〇〇四年第四季完成設備安裝，二〇〇五年第二季量產。全廠區建設完成後，總投入金額高達二千億元。

今年十月起，友達將針對中科新廠舉辦一連串招募活動，初期將招覽五百名以上菁英，未來六年可望創造五千個以上的就業機會。等到中科開發完成後，將可以增加五萬名以上的從業員工，吸引包括通訊、光電、精密機械、奈米科技等高科技產業的進駐，帶動具區域性的高科技產業蓬勃發展、促進產業根留台灣。這對中部地區產業升級與繁榮地方經濟將產生實質效果；而北、中、南三個核心科學園區也將可串聯成爲台灣西部科技走廊，實現政府「綠色矽島」的施政目標。

中科從掛牌籌備到舉行動土典禮，時間超前，證明了政府的執行力，具體展現廉能政府的高效率，台中市長胡志強說這是「可能的藝術」，豎起大拇指稱讚，說出了中部民眾共同的心聲。難怪陳水扁總統在動土典禮致詞高興地說：「今後再有人批評政府無能時，要請台中市長胡志強來說句公道話了！」

和中科園區的例子一樣的，是台北縣「頂埔高科技園區」招商成功的案例。施政普獲肯定的台北縣長蘇貞昌，對於鴻海郭台銘進駐土城頂埔工業區的過程，就有很深的感慨，蘇貞昌說：「一個政府要幫忙人、還是要糟蹋人，差別很大。」

蘇貞昌指出，這次頂埔園區爭取鴻海設廠過程中，郭台銘曾打電話給他：「縣長，對岸的土地不用錢，還附贈一個高爾夫球場。」當時蘇貞昌回答：「如果你要這樣談，那我寧願不辦。」

這段對話具有兩個意涵：一，對岸的中國爲爭取台資投入，用盡各種方法招商，台灣因爲是法治國家，必須合法，要留住資金，相對居於不利；二，民進黨執政的政府恪守法律規範，不逾越分寸。

郭台銘最後的決定，是留在土城頂埔工業區，投入數百億元建廠。

土城頂埔工業區，原來是陸軍運輸兵學校，鴻海郭和台北縣長蘇貞昌商討希望在這塊地設立研發中心時，蘇貞昌爲此特地前往行政院找林信義協調。林信義立即召集包括國防部、環保署、經濟部等部會開會協調。林信義在會中要求運輸兵學校能遷出，以利廠商蓋廠房，國防部因爲遷校需要時間，面有難色，但爲了國家經濟發展同意搬遷，並很快就完成了遷校。

接著，台北縣政府、內政部等單位日夜加班，在九月底如期完成變更。半年後的招商，有十三家廠商搶著希望進駐土城頂埔工業區，但只有三家雀屏中選，鴻海標到了三個廠房。對於還有九家廠商未能如願進駐，經濟部正計畫把樹林酒廠的土地規劃出來供應這些廠商。

此外，台塑六輕第四期計畫也是一個例子。台塑總共預計投資一千五百億，兩年後完工量產，可產生二千三百五十億的產值，但六輕第四期擴廠需要九萬三千個技術工人，日夜三班趕工，則需要七千個外勞，本勞也有一萬二千三百個工作機會，但因營建業引進外勞受限制，王永慶寫了一封信給林信義，請林信義幫忙協調。林信義找來勞委會協調，林信義指出，台塑建廠二年期間雖然要引進七千名外勞，但建廠後卻可爲本國勞工創造一萬二千三百個工作機會，而且關聯產業還多出八萬個建廠工作機會，完成之後，將有十六萬五千人獲得工作機會，爲什麼不讓他建？在林信義積極的溝通協調下，台塑終於得以順利推動六輕第四期計畫。爲此，台塑總經理王永在還特地寫信感謝政府協助台塑擴廠。

## 不可能的奇蹟：雪山隧道提前完工

二〇〇三年十月二十日，行政院長游錫堃口中創下最多「最」（台灣最長、工程最艱巨、總統巡視最多次、媒體最關心、國際最關注、節省行車時間最多、效益最大〉而工程又極端艱鉅的北宜高速公路雪山隧道導坑，提前七十天貫通。

陳水扁總統在主持貫通典禮上致詞表示，「雪山隧道貫通就像一個傳奇，不但是台灣生命力的展現，更是政府執行力以及台灣競爭力的見證。」總統這樣說：

雪山隧道導坑提前打通，是施政團隊發揮最大的執行力，開創最大的可能，打敗了所有質疑的目光，以實際成果粉碎了「台灣人做不到」的魔咒，證明了政府這三年來的執行力與效率。

雪山隧道全長一萬二千九百四十二公尺，十二年前在舊政府規劃下開工，這是目前全球排名第五長、亞洲第一長的公路隧道，同時是北宜高速公路最關鍵的工程。它的施工艱難程度超乎想像，隧道總共穿越乾溝層、媽崗層、四稜砂岩、仿腳層、大桶山層、粗窟砂岩等六種不同地質。爲了鑽掘這條隧道，國工局曾先後邀請美、日、義、俄羅斯、烏克蘭、挪威、瑞典、南非等國的專家共同研議施工工法，更讓不少國外專業工程團隊鎩羽而歸。

此外，雪山隧道頂部三組六部通風豎井的深度也創下國內紀錄。過去國內最深的通風豎井為南迴鐵路的三百多公尺，雪山隧道的三號豎井則深達四百五十公尺，一號豎井更深達五千零十一公尺。

為了鑽掘雪山隧道導坑，國內首度採用TBM（全自動隧道鑽掘機）施工方法，從一九九一年七月開挖隧道導坑以來，前後換了八任交通部長，歷經十二年，發生三十六處地盤湧水，二十九次災變，TBM受困二十六次，更有十位築路英雄為這條艱鉅的隧道工程付出他們寶貴的生命。

現在，總統口中說的這一則「傳奇」終於殺青了，所有國人也都同感驕傲。

雪山隧道導坑工程一躺十二年，何以能夠奇蹟式地鑿通？這緣起於游錫堃去年二月就任行政院長之後，在一個偶然機會中，台聯立委

陳水扁總統（左四）與行政院院長游錫堃（左三）、交通部長林陵三（左五）等人二十日按鈕啓動機器，將最後一面岩盤推倒，雪山隧道終於貫通。

黃政哲向他提醒，要注意雪山隧道工程，因爲進度已經嚴重落後，可能要到民國一百年才會完工。

游院長一聽，這還得了，立即指示「北宜專案小組」到院報告雪山隧道工程辦理情形，並隨即在三月三日親率交通部長林陵三、退輔會主委楊亭雲、工程會主委郭瑤琪及行政院秘書李應元等首長，前往雪山隧道工地實地視察，了解進度落後的原因，裁示工程會召開「北宜專案小組」會議積極解決。

其實，國民黨執政時期就有一個「北宜專案小組」，負責跨部會間的協調問題，但這個小組前後只開過三次會就無疾而終，第四次會議是在游錫堃上任後才又恢復，相隔三年多，就這樣專案小組形同虛設，問題被擺著，進度當然就延宕了。雪山隧道工程也因此成了「三不管」的燙手山芋。

雪山隧道工程進度延宕的另一個原因，則是承包商榮工公司和國工局之間存在著一筆三十八億工程款爭議，停擺的「北宜專案小組」未能適時解決兩方爭議。耗著耗著，工程進度當然停滯。

了解問題癥結後，游錫堃除了要求「北宜專案小組」會議重開之外，另外找來交通部長和退輔會主委，針對三十八億工程款爭議，游錫堃提醒他們：「交通部屬行政院，退輔會也屬行政院，三十八億的工程款，是左手交給右手的問題，要把這個爭議放下，交給公共工程委員會仲裁，雙方必須接受工程會仲裁的結果。」至於新工法與原合約的爭議，也一併裁式交由工程會協調解決。

在游錫堃積極主導，要求雙方打破本位主義後，行政院工程會會同交通部、退輔會等機關，連續召開三次北宜專案小組會議，一一解決了影響工程進度的非工程技術問題，國工局和榮工公司間的關係因此轉爲融洽。

游錫堃進一步要求雙方在三個月內重新檢討雪山工程，提出新的工程進度；同時公開表示「若不能改善工程進度，就換人做」。這樣的決心和魄力，鼓舞了交通部和所有工程人員的士氣，林陵三每個月都親自到施工現場，爲第一線工作人員加油打氣。

效率立刻呈現。雪山隧道工程在游錫堃親自督導後，三月至五月的執行率就跳升達百分之八十九，總鑽掘長度達一千九百七十九公尺，創下工程開挖以來最快紀錄，當年九至十一月執行率更達百分之一百零二，進度超前。

於是，原本預計於今年年底貫通的雪山隧道導坑工程，就在行政院團隊的主動積極執行下，提前七十天全線貫通。等到明年九月主坑東行線也貫通，北宜高的總體進度就達百分之八十五。再配合相關機電、交控系統安裝與整合，北宜高可望在二〇〇五年底全線通車。這比當初規劃的進度又提早了二年。屆時由南港到宜蘭頭城，將縮短車程為三十分鐘，有效促進台灣東部地區的發展。

一個在國民黨執政時期規劃施工的工程，延宕近十二年，被視為「不可能的任務」，卻在民進黨執政後完成最艱鉅的工程，並使北宜高整體工程大幅超前。站在第一線打拚的築路工程人員無疑是功勞最大的英雄，但若不是行政團隊勇於負責，敢於承擔，要完成任務，就絕對會是「不可能的任務」。這是為甚麼陳總統嘉許「雪山隧道貫通就像一個傳奇，不但是台灣生命力的展現，更是政府執行力以及台灣競爭力的見證」的原因。

從雪山隧道導坑提前完工的過程和結果，我們不僅看見了政府的執行力，看到台灣的生命力和競爭力，也看到了行政院「發現問題，在第一時間解決；找出癥結，放下身段，誠意溝通」的施政特質與領導風格。

## 遲來的好水：大高雄地區供水改善

「為了喝一口乾淨的好水，我們足足等了五十年！」

台灣南部地區的水質長年來就為當地居民所垢病，歷經國民黨五十年統治，大多數大高雄地區民眾卻活在不敢飲用自來水，必須購買礦泉水自保的夢魘中。「賣水」成爲大高雄特異於台灣其他地區的行業，「飲水」成爲大高雄人心中永遠的痛。

扁政府上台後，爲求徹底解決大高雄地區的水質與水量問題，花費二年四個月時間及一百一十三億四千萬元經費，從今年十月在台灣省自來水公司執行「大高雄地區自來水後續改善計畫」，並由經濟部水利署執行「南化水庫與高屏溪聯通管路工程」，一俟兩項工程同步完工，就能徹底解決南部地區水質問題，實踐給大高雄人有好水可喝的承諾，不但解決長期以來國民黨荒於解決的問題，也展現了民進黨政府執政的魄力與改革決心。

只要有心，要解決南部地區的水質與水量問題並不難，最重要的是要找出病灶，然後對症下藥。南部地區的水質與水量，最關鍵的問題是出在台南縣是「有庫無水」，高屏則是「有水無庫」，台南縣有可以蓄水五億噸的曾文水庫和可以蓄水六千萬噸的南化水庫，高雄縣只有阿公店水庫，原來八十二年就要興建的美濃水庫又因爲民眾的抗爭而停工。

另一個原因，是南部地區降雨量在豐水期和枯水期又極不平均。每年五至十月是豐水期，降雨量約佔全年百分之九十一，十一月至翌年四月是枯水期，降雨量僅佔全年百分之九而已，因此曾文水庫和南化水庫的蓄水量通常在豐水期只能維持三、四成，到了枯水就無水可用；另一方面，高屏溪上游旗山溪和荖濃溪每逢豐水期時，水量豐沛，卻沒有水庫可以儲水，每年就平白流失掉八十億噸的水。

解決水量不足的方法，就是得增加曾文、南化二個水庫的蓄水量，政府想到的，就是從旗山溪的甲仙堰打通一條隧道聯通南化水庫，讓旗山溪豐水期時豐沛的雨量可以注入；同時用管道聯通曾文、南化二個水庫，使得這二個水庫在豐水期盡量蓄滿水量，以備枯水期時供應足夠水量；政府還計畫由荖濃溪另建一條隧道來連通曾文水庫，以增加蓄水量。

經濟部水利署執行的「南化水庫與高屏溪聯通管路工程」，起點位於台南縣南化鄉南化水庫經過南化鄉及高雄縣內門鄉、旗山鎮、大樹鄉等四鄉鎮全程約五十八公里，工程內含導水幹管工程計有十二管段，減壓池二處及十八處水管橋工程，計畫總經費共計五十三億一千萬元。剛開始執行時因為民眾訴求、抗爭，要求回饋、陳情改線、道路拓寬等問題，一直受到阻擾，進度一度落後，但在承辦單位鍥而不捨地與地方協調溝通下，逐一化解阻擾，並達到重大計畫與地方建設發展雙贏的局面，而逐漸趕上進度，並於今年十月底全部完工。從此，利用水源聯合運用機制，每天就增加了五十萬立方公尺的水量，供台南、高雄地區使用，而大高雄地區每天就可分得二十五萬噸質地佳的水源。

大高雄地區的水質為甚麼出問題？原因在於源頭水質不佳。以鳳山、澄清湖、拷潭、翁功園等四個主要淨水廠看，過去取水的源頭都在高屏溪，諷刺的是高屏溪上游就是養豬業大本營，這導致淨水廠取得的水都是「豬屎水」，淨水廠本事再大，也無法弄出乾淨無味的水，舊政府不求根本解決，這才讓高雄人長期忍受這樣的水質。

前環保署長郝龍斌就任後，採取強勢鐵腕，將五十三萬頭豬隻確實移牧，不再像以前那樣，任令養豬戶一方面拿補助金一方面照樣養豬，因此高屏溪水質氨氮含量立刻降爲原來的十分之一。

「大高雄地區自來水後續改善計畫」則是另一個重要工程，包含原水取水口上游至高屏溪攔河堰工程及增設高級淨水處理工程，總計畫經費達六十億三千八百七十萬元，這個計畫結合聯通管路工程，立即一舉解決大高雄地區自來水的水源問題，而設在澄清湖淨水廠的「高級結晶軟化工廠」，則將處理出來的自來水硬度由原來的四百度，降爲可以生飲的一百五十度。

大高雄地區居民等了五十幾年，渴望喝到好水的夢想，終於在民進黨政府的貫徹執行下實現了。

當南化水庫與高屏溪聯通管路工程接通那一刻，許多當地居民看著強力噴出的清淨的水柱，都忘了抹乾攀爬在臉上的淚水！

爲了這一刻，爲了喝一口乾淨的好水，他們等了足足五十個年頭！

很多事情都和改善大高雄水質一樣，是做不做的問題，不是能不能的問題。從陳水扁總統於二〇〇〇年八月五日宣佈要改善高雄的水質和水量那天起，今年十月底全部完工，扁政府只花了二年四個月時間，動支一百一十三億四千萬元經費。若不是卡在立法院對「大高雄地區自來水後續改善計畫」經費動支之決議附帶要求說明的限制條件影響，導致計劃延宕至二〇〇一年七月才進行，這乾淨的水還可以提早半年進入大高雄人的家庭。新府解決陳痾，絕不能推託，只有更快更好，絕不能七折八扣。

## 負債變資產：強化國營事業

向來「公婆」一大堆的國營事業，總讓人擔心如何因應國際化市場競爭，更嚴重的是，多數國營事業虧損累累，更讓納稅人不滿。

國營事業過去會虧損，原因複雜。國營事業受到預算法、審計法等多項法律限制，營運綁手綁腳，缺乏民間企業快速而靈活的營運環境；加上早年吃公家飯的心態，也使國營事業員工普遍缺乏危機意識，因為即使虧損，還是可領年終獎金，要求國營事業眞正企業化經營，可能過於苛求。務實一點看，國營事業的企業化經營，目的也絕非要與民間企業完全相同，而是希望國營事業在法令層層限制下，求得最大的發展空間。

民進黨執政三年後，經濟部所屬的國營事業卻在去年繳出了「滿堂紅」的佳績，八家國營事業全數出現盈餘，沒有一家虧損，這是近十年來第一次出現的紀錄。

這樣的佳績，足以告慰國人，背後的痛苦歷程，則非國人所能了解。

以中船公司爲例：八十八年度，虧損十二億三千七百萬元；八十九年度（一年半）虧損快速增加爲六十五億六千七百萬元；九十年度仍高達三十億六千二百萬元。但九十一年度不一樣，首度轉虧爲盈，出現三億五千萬元盈餘。這種營運績效的大幅改善，值得喝采。

除此之外，過去是國營事業「金雞母」的台電及中油等，近年來盈餘表現雖略有下探趨勢，但如果分析近年來環境變遷，其事業經營仍值得肯定。台電盈餘八十八年爲三百二十五億一千二百萬元，八十九年度因會計年度改曆年制有一年半時間，盈餘增至四百零四億五千五百萬元，九十年度則降爲二百三十六億六千九百萬元，九十一年度再增加爲三百一十二億八千九百萬元。

陳水扁總統曾邀請媒體主管下鄉進行「看見進步，台灣之旅」，在參訪唐榮鐵工廠、中船公司時，陳總統十分肯定其經營績效，認爲這是「國營事業的好榜樣」、「不再是負債而是資產」。陳總統的肯定，大大激勵員工的士氣。陳水扁表示：

政黨輪替之後，國營事業扭轉過去政治掛帥、政治酬庸的作法，引進民間企業經營管理的理念，建立專業經營團隊，效益顯著，讓許多公司紛紛轉虧爲盈，創造佳績，從這個過程中充分凸顯政權移轉的價値，只有摒棄舊思維、丟掉舊包袱，推動改造才能成功。

國營事業在台灣是特殊的歷史產物。一九四九年六月台灣省政府成立「生產事業管理委員會」，擔任國營及省營各生產事業的策劃、督導推動工作。該年年底國民黨政權遷台，這些事業慢慢轉型爲國營企業。過去，十多家國營事業淪爲政治酬庸工具、失意政客的舞台。退休的政要、公職、民代，如無法順利更上層樓，或需要在仕途停頓、休息，都會被安排到國營事業「就職」，以待東山再起。這使得國營事業成爲政客「進可攻、退可守」的棲息處，被視爲政途發展的緩衝點，既然如此，便無法專心投入，當然會使國營事業出現業績長期不振、虧損連連的局面。

但民進黨主政後，採用不同的思維推動「大改革、拚經濟」，不再把國營事業當成酬庸工具，而是徹底要求國營事業積極提升經營績效。這是國營事業終於交出亮麗成績單的主因。目前還虧損的公司已由去年七家銳減爲只剩一家，總虧損的金額也由以往的一年約一百四十餘億元，銳減爲目前的一億九千多萬元。

根據經濟部國營會七月中旬的統計，八家國營事業上半年的稅前盈餘合計一百五十二億元，累計分配預算增加八十五億三千萬元，與去年上半年比較，增加十五億三千萬元，全年度法定盈餘預算達成率百分之四十五點三，其中台電、中油、自來水、台鹽、中船、唐榮等公司都出現盈餘，且達成累計分配盈餘目標，而中油、自來水、中船、唐榮等公司並已超過法定盈餘目標百分之五十以上，表現優異。

數字會說話，數目字不會騙人，事實証明一切，國營事業經營大有起色，已經脫胎換骨，如陳總統參觀的唐榮和中船，去年唐榮、中船已由前年的分別虧損五十多億元及四十多億元，轉爲盈餘四億一千多萬元、三億五千多萬元，今年上半年稅前盈餘分別是十二億三千萬元、二億三千萬元。

這樣的成績，說明「事在人爲」，只要心存改革、銳意求變，激發員工「生命共同體」的信念，發揮將士用命的精神，引進現代化的企業經營理念，建立專業經理人才，以「淘弱留強，塑身再造」的方針，處理國營事業無效率的業務和部門，並充實核心部門的競爭力，加強控制成本和業務規劃執行能力，必定可以轉虧爲盈，再造企業活水。

回顧政權輪替之初，新政府努力提昇國營事業競爭力，推行人事案與改造計劃，卻屢受泛藍陣營阻撓與反對。他們以過去政治酬庸的經驗，將所有的改革冠上「政治分贓」、「綠化國營事業」等標籤，惡意干擾，對任何改善國營事業經營結構的做法，也執意反對，百般刁難，並利用審查預算及法案的機會，對其營運設下重重的門檻或不合理限制，例如政府為提升國營事業效率，推動民營化，但在野黨卻把釋股收入預算刪掉，否決民營化的推動。今年六月六日陳總統南下檢視國營事業的經營成果時，曾說「吃得苦中苦，方為人上人」，正是國營事業拚經濟的眞實寫照。

國營事業改造成功，讓台灣社會發光發亮，但在改造過程中執行大規模的裁員和減薪，是員工不得不忍受的陣痛。如今，改造成功的國營事業轉虧為盈，不僅增加政府財政收入，也為員工的生計提供穩定保障，使得原本蓄勢待發的國營事業工運風波，於無形中消弭。這也正是陳總統認為國營事業「不再是負債而是資產」的意涵，國營事業推動的再生計畫，在浴火中重生，不僅是她們的驕傲，也是台灣的驕傲！

「拚經濟、大改革」不是口號，而是國人對於台灣未來的共同期待！民進黨第一次代表台灣人民當家做主，從生疏到熟稔，引領台灣走出自己的道路時，我們不應吝於給他們掌聲。

這是我們的國家，我們的政府更拚命，更可能改善我們和子孫存活的環境。

## 圓一個夢：客家電視台開播

陳總統有一次到苗栗客家鄉鎮三義與媒體茶敘時，有感而發，數度強調他的從政理念就是「誰是多數，就有義務照顧少數；誰是強勢，就有義務照顧弱勢」。總統舉二〇〇三年七月一日客家電台開播的例子說：「客家電視台成立，沒有人比我更興奮。」

有人說這是在搶「客家票」，客家事務委員會主委葉菊蘭相當不以爲然。她說：「這不就是我們客家人的夢想嗎？爲什麼國民黨執政五十年作不到，民進黨三年多就能完成？」

陳水扁總統參加客家電視台慶滿月，與客委會主委葉菊蘭（右）共同祝賀客家電視台開播彌月之喜。

葉菊蘭停了一下，又說：「過去不做的，現在做到了，說我們收買客家、政策買票，這對一個認眞、負責的政府並不公平，我不同意這樣的說法。」

「我們只不過想用心地幫客家人圓夢，我們應該獲得掌聲才對。」

圓夢，圓什麼夢？

葉菊蘭說了幾個她接任客委會主後下鄉的經驗，這些經驗給了她很大的感觸與震動。

有一次葉菊蘭下鄉，遇到一位新新人類，就問她哪裡人、姓什麼？她回答說「桃園新屋，姓范姜」，葉菊蘭接著問她是不是客家人，她搖頭說不是。事實上葉菊蘭知道，這位新新人類的祖父母、父母親都是客家人，但因爲不會講客家話，所以不願意承認是客家人。

又有一次，葉菊蘭到一個客家庄，碰到一位小女生，高中畢業，父母都是客家人，葉菊蘭就用客家話與她交談了十分鐘，小女生全程都用北京話回答，葉菊蘭忍不住問她，「爲何不說客家話？」這位小女生很羞澀地說：「我不好意思，我講不好。」

新生代不會講客家話，雖讓葉菊蘭感到迷惑，但許多老年人不講客語，且改用閩南話的情形也很嚴重。葉菊蘭有一次到雲林古坑拜訪，下車後，一群老人家來接待她。在談話過程中，這些老人家大多用閩南話與她交談。葉菊蘭拜訪的地方，在古坑只有幾百戶，百分之八十都是來自桃竹苗的客家人，除了兒子輩還會說些客家話，孫子輩都已不會講了。

後來，葉菊蘭在教堂碰到一位八十多歲的老太太，本來老太太也是用閩南話與她交談，知道她是客家人後，開始用客家話唱山歌，唱了好久。葉菊蘭當時內心十分激動：「這群客家老人，在純閩南庄，講自己的話，唱自己的山歌，這一群失落母語的老人，其實是很寂寞的！」

古坑這一群寂寞的老人，至少還有一些共同語言的族群爲伴，全台灣還有許多客家人則隱藏自己客家人身分與語言。

有一年除夕，葉菊蘭拜訪一位女性朋友，她們已經認識很久，與她七十幾歲的媽媽、親戚也都認識很久，可是從不認爲她們是客家人，她有一次告訴葉菊蘭，她住在苗栗銅鑼的姑姑來找她媽媽時，兩人經常會關在房間，說一些她聽不懂的話。

葉菊蘭利用此次拜訪時，刻意用客家話與這位媽媽交談，沒想到朋友的媽媽竟然用十分流利的客家話回答她。她的朋友說，這是她第一次知道她媽媽會說客家話，而且還是客家人。

相同情形，有一次前政務委員、九二一重建基金會執行長、現任二二八基金會董事長陳錦煌醫師，與葉菊蘭前往南投縣國姓鄉一處重建區訪問，居民遇到葉菊蘭後，高興地唱起客家山歌歡迎，陳錦煌告訴葉菊蘭說，他來了十幾次，從來不知道她們是客家人。

葉菊蘭曾經在彰化縣二林拜訪一個產銷班（僅住了幾戶客家人），她們含著淚告訴她說，她們內心很害怕，害怕自己的族群就要滅掉了，因爲只有老一輩的人會說客語，她們內心很孤獨。

這樣的孤獨感，讓葉菊蘭有著急迫感與使命感，在只有七十名員額編制的客委會，九億五千萬的預算，卻使用了三億元打造全球首家客語電視頻道。「語言的流失，造成文化的式微以及族群認同的喪失，客家電視台的成立，是要重新尋回客家尊嚴與認同。」這是葉菊蘭對客家電視台開播的期許。

客家專屬頻道從構想到實現，可說峰迴路轉、戲劇性十足。

先是今年年初在野黨揚言要以刪除這筆預算杯葛，後來又要求客委會向立院委員會詳細報告規劃情形，始可動支預算。這一來，就延宕了原訂三月開播的時程；到了五月，台視以二億多元得標，負責製播客家頻道所需節目，才終於能夠以不到一個半月的籌備時間正式開播。這當中，客委會若不積極作爲，客家電視頻道在三、五年內可能是「生」不出來的。

客家族群首度擁有的專屬發聲管道，對客語推廣教學、客家文化存續和族群認同凝聚有所助益，社會各界莫不寄予期待，表示肯定。葉菊蘭說，在台灣社會中，客家語言長期受到漠視，客家卻彷彿是個「隱性族群」，客家的語言文化一直無法進入公共領域，甚至面臨斷層危機，年輕人會講客語的比例逐年降低，因此客委會認爲必須透過電視，來將客家語言、文化原貌充分保存與展現出來。同時她也希望，讓客家議題進入公共領域，將客家重新置入主流市場，這才可能讓客家人走出封閉，成爲「陽光的客家人，而不是邊陲的；快樂的客家人，而不是保守的」。

美濃籍的台灣文學家鍾理和的妻子鍾台妹，在客家電視台開播後遇到葉菊蘭，告訴葉主委：「沒想到有生之年會看得到客語電視，很多人都很感激，現在不用孩子陪父母看電視，幫她們解釋劇情，她們自己就看得懂了。」

葉菊蘭指出，客家人在經濟上並不弱勢，可是在文化上與人數上卻是弱勢的。根據學者研究指出，台灣地區客語的消失，每年正以百分之五的比例增加，依此計算，二十年後客語可能將在台灣消失。另外，客委會九十一年度有關客語使用能力調查也顯示，客家人中具使用客語能力者僅佔百分之五十八，正因爲年輕一輩的客家人不常接觸客語與客家文化，使得客家文化在傳承上普遍有高齡化，甚至失傳的危機。客家電視台若能讓年輕人進入客家文化領域，客家文化的延續才有希望。

台中縣東勢鎭就是百分之百的客家鎭，但東勢國小許登志校長告訴葉菊蘭，東勢國小會說客語的學生不到百分之十，這相當不可思議，卻是事實，因爲國民黨「國語」政策，造成許多學生在家會說客語，到了幼稚園就不說了，阿公、阿嬤用客語問話，孫子用「國語」回答的現象很普遍。

除了學生不說客語，客語現在仍停留在三十年前的語法，語言沒有現代化，很容易就會逐漸流失，這也是客家電視台成立的功能之一。「客電」主要是扮演一個語言的傳播平台，培養客家音樂製作人及市場，給他們舞台，並從傳統中尋找創新與現代化，至於客委會當然是客家政策與文化傳承的重要平台。

葉菊蘭說，目前政府的客家政策目標，是「重建信心與認同」，讓客家人「自我認同、快樂信心，勇敢說出我是客家人，認同客家人」。

行政院「挑戰二〇〇八：國家發展重點計畫」之「新故鄉社區營造計畫」中，也提出「新客家運動——活力客庄．再現客家」的計畫，內容包括「語言復甦及傳播計畫」、「客家文化振興計畫」、「社團發展與人才培育計畫」及「特色文化加值產業發展計畫」等，要讓客家文化成為台灣多元文化重要的一部份。

今年六月國立中央大學「客家學院」揭牌成立，下設「客家語研究所」、「客家宗教民俗研究所」、「客家政治經濟研究所」等，都是為了客家文化成立的，它象徵客家文化已進入學術研究領域。除了中央大學，國立交通大學及已改制為大學的國立聯合大學，也都獲教育部同意籌設客家文化學院。

葉菊蘭希望各校在學術分工、領域區隔的資源整合下，結合形成「客家網絡大學」，作爲現階段義民大學之雛型，並俟主客觀環境發展成型後，再行改制成立義民大學。

客委委成立時，陳水扁總統說：「過去虧欠客家人太多，現在要加緊腳步來做。」葉菊蘭對客委會的使命感，不僅來自政治上屬於民進黨籍政務官的政策責任，更是她爲了圓客家人的夢，糾正過去錯誤與疏失，「走過這一遭，我死而無憾，不會愧對祖先。」

## 新的夥伴關係：「原住民族自治區法」草案通過

新政府的原住民政策也是如此。

陳總統從立委時代就與原住民並肩作戰，當時他曾強烈要求國民黨政府成立原民會，但政府的反應並不積極，陳總統說，他因此下定決心，如果有權力做決定，他不會讓大家失望。

果然，他在台北市長內成立了全國第一個原民會，這使得行政院受到壓力，九個月後緊跟著成立原民會，省和高雄市兩個地方政府也在行政院原民會成立後，才成立原民會。接著，陳水扁又將「介壽路」改名為「凱達格蘭大道」，讓曾經活躍於北部平原的平埔凱達格蘭族重回台灣人民的集體記憶中。

目前原住民全國總人口約四十三萬九千三百人，其中，平地原住民二十萬五千七百九十四人，山地原住民二十三萬三千五百零六人，具有選舉權的公民人數更少，如果是為了選票，前述的作為不見的有用。陳水扁總統說，「不能因為沒有選票就不做」，是這句話讓民進黨的弱勢族群政策，迥異於國民黨執政時期。

原住民在運動、音樂、藝術、文化領域中均有相當的才華和傑出成就，但過去的台灣社會中卻是被漠視的民族。政黨輪替後，政府努力落實與原住民族的伙伴關係，其中最具意義的，就是由行政院將日月潭的「邵族」定為第十族，宜蘭噶瑪蘭定為第十一族。

邵族列為第十族，是在二〇〇一年八月八日。第二年八月九日，陳水扁總統到花蓮豐濱鄉新社部落參加噶瑪蘭族豐年祭時，也宣布將協助「噶瑪蘭」族爭取正名，使噶瑪蘭族成為繼邵族之後的原住民第十一族。

二〇〇二年十二月二十五日，行政院長游錫堃正式對外宣布噶瑪蘭族為台灣原住民第十一族。游錫堃致詞時表示，「噶瑪蘭族的認定是政府責任的開始，政府將提供資源，協助噶瑪蘭族重建文化、活絡經濟、提升教育並建立自治制度。」游揆也期盼原住民族因噶瑪蘭族的加入，使原住民的文化更加多采多姿、有聲有色。

在這場名爲「噶瑪蘭族復名茶會」的公開場合中，游院長也強調，民國九十年八月八日，行政院核定邵族爲原住民第十族，現將再度核定噶瑪蘭族爲第十一族，從九族到十族，再從十族到十一族，一年增加一族，象徵憲法追求的多民族及多元文化共存共榮的理想已逐步實現，也代表台灣人民已逐漸找回對於這塊土地的深厚感情，並尊重這塊土地最早的主人。同時游院長還宣布：

現在行政院正積極落實總統與原住民各族代表所簽署的「原住民族與台灣政府新的夥伴關係」，推動「原住民新部落運動」，並建構原住民族法律體系，企盼藉由法律的保障及政府的協助，促成原住民族自主、多元、永續發展。

噶瑪蘭正名後，讓太魯閣族人受到莫大鼓舞，並積極推動正名運動，游揆復在年八月接見太魯閣族代表時，當場宣布將協助太魯閣族正名爲第十二族。

除了爲原住民族正名之外，新政府對於陳總總統與原住民各族代表簽署的「原住民族與台灣政府新的夥伴關係」文件，也是新政府從未忘記的承諾。

二〇〇〇年十一月二十一日，陳總統出席行政院原住民族委員會主辦的「原住民族自治論壇」時表示，自治是各國原住民共同的夢想，也是當今世界潮流，更是我國憲法賦予原住民的基本權利。長久以來，他即主張原住民應享有充分的自主權利，過去提出的原住民族政策白皮書中，以及與原住民各族代表簽署的新伙伴關係文件中，均強調原住民也是臺灣的主人。因此，新政府也積極規劃台灣的原住民自治制度，盼能逐步實現原住民自治的願景，以使原住民同胞們能享有更好、更有尊嚴的生活。

陳總統在競選時提出的原住民政策白皮書中，確認「原住民族與台灣政府新的夥伴關係承諾」：一、承認台灣原住民族之自然主權、二、推動原住民自治、三、與台灣原住民締結土地條約、四、恢復原住民部落及山川傳統名稱、五、恢復部落及民族傳統領域土地、六、恢復傳統自然資源之使用及促進民族自然發展、七、原住民族國會議員回歸民族代表。而為落實這項政策，行政院乃在二〇〇二年十一月十九日由政務委員陳其南召開會議，研商落實這七大承諾之具體措施，尤其是有關原住民自治。二〇〇三年六月三日行政院即通過「原住民族自治區法」草案，宣示原住民族可依法成立自治區，實施民族自治。

行政院長游錫堃很高興地說，有了這項法律，「原住民運動可以縮短十年」。「原住民族自治區法」草案規定，原住民得按族別，單獨或聯合設立自治區，實施民族自治。自治區爲公法人。自治區行政區域範圍，應參酌各族的分布區域、歷史、文化、民族關係及地理臨接等因素劃定。自治區的組織，應本民主及平等原則，並參酌各族傳統組織定之。

更重要的是，草案也明定，自治區居民享有平等與自治區政治、經濟、社會、教育及文化生活的權利，並受同等對待。自治區依自決原則，自主決定其政治、經濟、社會、文化及其自治事項的發展。

這一天，來自十一個原住民族的近百位代表齊聚行政院，慶祝這個重要時刻的來臨。行政院這項立法草案的提出，在台灣政治發展史上是相當重要的一刻，也將在台灣歷史中重要的一頁。民進黨政府並沒有因爲歷來選舉原住民較少投票給該黨，而忽視原住民族；正好相反，民進黨政府以一貫的理念，尊重原住民族的歷史、傳統和文化，希望透過立法，落實到國家體制上，讓原住民族依照自己的文化、民俗訂出符合自己民族發展的自治區，不再受到單一民族的主宰。

「草案的通過，只是推動原住民族自治的第一步，希望原民會能夠依據此法，協助展開各個部落的自治工作，並擬定出各民族的自治條例，讓原住民族自治能夠具體落實。」

這是游錫堃院長當天致詞鏗鏘有力的一段話。盼了千年，原住民終於盼到了這一天，台灣歷史也會記住這一天！

## 民進黨是一個有能力執政的政黨！

「在還沒有成績之前，我是不太好意思自我宣傳，但在執政三年多，我們行政團隊的努力，逐漸有了成績後，我就可以大聲講了：民進黨是一個有能力執政的政黨！」八月中旬，行政院長游錫堃有一次在官邸與媒體朋友餐敘時，很有自信地說出了深藏在他內心的話。

這句話，包含著游錫堃來自台灣鄉土的謙遜，擔任國家最高行政首長後的壓抑，以及在和時間競跑過程中對他所領導的行政團隊的推重，還有，更重要的是對於他從年輕時代就加入、曾經讓他付出熱情、貢獻心血的民進黨的光榮感。

民進黨政府和時間賽跑的成績，人民看到了。

## 第八章

# 路，是人民走出來的

道路，是人民走出來的，但過去人民沒有機會決定自己要走的道路。這是個分水嶺，愛護台灣、熱愛台灣的人，應該跳脫政治角力的侷限，從歷史長遠、宏觀的角度回顧台灣的民主歷程，清楚認識到，在這個分水嶺上，誰才是人民主權的維護者、捍衛者和實踐者？誰有眞正的誠意執行人民的決定？完成人民的期許？誰才可能將台灣——這個我們每個人，不分省籍、族群、身分、性別都熱愛的國家——的主權還給我們來做最後的、關鍵的決定？那一個不把我們當成奴僕，不把我們當成亂民，不把我們看做不夠資格決定公共事務的落後人民的國家領導人是誰？

## 綠色初執政，五十年包袱沉重難解

二〇〇〇年總統大選時，很多人都認爲民進黨的陳水扁不可能勝選，然而最後事實證明，陳水扁終於在台灣人民的企盼下勝出，原來自以爲贏面最大的宋楚瑜則以三十幾萬票差距而落選。政黨輪替，台灣社會歡欣若狂，台灣的民主成果舉世欽羨，人民也期待過去國民黨主政時期的種種問題可以很快一掃而光。

人民雖然選擇了民進黨執政，卻不必然完全接受新的價値觀。民進黨如要改變社會的舊思維，就得把戰線拉長拉大。政府施政往往又必須以滿足人民需求爲導向。但在價值觀尚未調整過來之前，人民的需求也會受到傳統價值觀的扭曲，例如一般民眾只看到造橋鋪路的利益，卻較少去思考生存土地環境管理的問題。

又如核四案，本來應該是需要全民關心、討論、思考的公共議題，結果卻讓民進黨政府兩面都不討好。核四停建，本來就是民進黨既有的理念，也符合台灣未來的永續發展。宣布停建核四，是政策的落實，也是踐履對選民的承諾；結果遭到在野黨在立院的強力杯葛而致政策無法實施。行政院根據立法院決議繼續核四興建工程，卻又反過來被在野黨批評爲政策急轉彎。

農漁會信用部的改革只是一樁，民進黨原來可以透過執政機會，將問題重重的農漁會信用部好好整頓，但也因爲種種因素，以及過去根深柢固的國民黨努力之操作，最後也不得不做讓步修正——這又被在野黨譏嘲爲「政策急轉彎」。

換了總統、換了執政團隊，卻無法換掉過去國民黨威權執政年代遺留下來盤根錯節的問題，包括憲政體制、族群、省籍和勞資矛盾問題，還有從蔣介石、蔣經國年代高舉的反共政策、「三不」政策，到解嚴之後出現的兩岸交流問題，再加上後冷戰年代的國際社會巨變，而台灣的國家定位仍然不明、國際處境舉步唯艱。各種挑戰，紛至沓來。這顯然不是一個人、一個政黨或是一個政府在短期間可以完全解決。進步的政黨、有效能的政府、優秀卓絕的領導人，是解決台灣陳年問題的必要條件，但絕非充分條件。

以連宋為主的反對陣營，不斷質疑陳總統的代表性，不斷誇張「少數總統、少數執政」的說辭，試圖合理化他們為反對而反對的政治杯葛行動。「要讓阿扁好看」的心態，使得在野黨事事反對、樣樣杯葛，使得新政府各項施政備受掣肘，無法大刀闊斧進行全面改革。改革，需要朝野同心。在野黨的種種杯葛，讓改革不能徹底，也讓社會逐漸失去信心和耐心。

台灣的民主發展，是近年來全球民主化的最佳典範之一。台灣內部有族群對立、外有強敵環伺，卻能透過和平的過程，順利進行民主改革，這是全球都肯定的成果。然而，威權時代遺留下來的問題尚未被全面解決，路障重重，使得台灣要因應新世紀、迎接新挑戰也一路走來跌跌撞撞。

台灣歷經國會改選、總統直選，終於完成台灣的第一波民主化進程，這使得國人有權定期選舉民意代表及國家領導人，初步完成了民主代議制度的架構，彰顯了台灣人民當家做主的基本形式。這是第一波的民主改革。

然而，台灣民主不能原地踏步，她需要進行第二波民主化的焠練。台灣人民需要有對公共政策表達明確意見的管道，一般代議制度是選代理人代為實行人意志，但是眞正的直接民主是人民自行決定政策的走向，公投正是以直接民主的方式來彌補代議民主的缺口。

對台灣國際處境而言，公投所呈現出來的國民主權以及國家安全價值，意義格外深遠，台灣面對主權威脅的中國，透過公投進行國民主權、直接民主的行使，可達到保衛自身民主價值的作用。相較於一國二制下的香港，並沒有直接民主的機制，台灣更需公投力，以面對中國的侵略意圖。

公投法存在的本身，就是台灣向國際強權政治與鄰國武力恫嚇說「不」的一張王牌，台灣人民因此而擁有對台灣前途表示看法的最後裁判權，不再需要擔心台灣前途被少數政客出賣。

## 危機處理上手，政情漸入佳境

另一方面，國民黨威權年代的意識形態早已成爲社會的深層烙印，大眾媒體沿襲舊有「黨政軍結構」，不斷營造、建構威權年代「穩定」、「親民」的懷舊圖象，誇示蔣經國「推動台灣民主」的功績，模糊甚且淡化白色恐怖統治的事實，完全忘了過去媒體必須聽命於執政黨、不准遊行示威抗議的戒嚴體制，反而歌頌那「大有爲政府」的便宜施政，及其帶來的

「穩定」假象。

八掌溪事件發生時，新政府上台不久，電子媒體在市場競爭激烈的情況下，不斷重播此災難畫面，效應擴大的結果，終於使得當時擔任行政院副院長的游錫堃立即請辭下台，也第一次展現新政府閣員負責的情操。雖然這件事並非中央政府權責，而是地方行政機關嘉義縣政府應該扛起的責任。這個悲劇導因於地方救災體系老化，未發揮功能，而致無辜百姓受害。但媒體輿論的炒作，使得原屬於地方政府的行政責任無限上綱為中央政府「救災不力、草菅人命」的議題。

老實說，今天回過頭去看，這對新政府並不公道，但既然執政，就得概括承受，就得負責。民進黨政府並未推卸職責，事後由中央開始調整整個政府的救災、防災體系。從後來的「阿里山小火車」意外事件中，我們看到中央空警隊、消防署，以及地方的消防、醫療體系全都緊急動員，合作無間使得車禍傷亡降到最低。人民對於新政府的緊急應變能力和處理事件的態度，重新拾回信心。

二〇〇二年五月二十五日，華航CI-611澎湖馬公空難事件一發生，政府在第一時間即動員成立緊急應變中心及前進指揮所，部會首長即時進駐馬公，展開救援及善後。整體反應與處理過程的嫻熟，較國民黨執政時期，在處理桃園大園空難的顢頇，已天差地別。

游院長民調不低，但施政成績卻經常被批。有政治評論家就認爲，游錫堃與陳水扁總統的出身很像，個性老實憨厚，修飾表達的能力也沒有那麼技巧婉轉，在慣於附庸風雅、不自覺流露上流社會「高貴」感的台北政治文化中，多少會有落差。從有些沈浸在過往「迷思」的一些媒體看來，對於民進黨主政的淳樸、直率風格，似乎很不適應，也看不太「順眼」。新政府、新內閣，在這方面他們兩人一上場就吃了很大的虧。

民進黨在政績宣傳、包裝方面，看來經驗仍然不足。別說本土媒體在平面經營上的弱勢，光是電視台政治性談話節目，在以北京話爲主流的媒體地盤，台灣人能夠頭頭是道、侃侃而談，表達能力很好的，仍屬少數。外省人在這方面的確較佔優勢，甚至親民進黨的報紙、電視、電視主持人也少之又少，媒體生態的傾斜，也使新政府及本土政治人物的公眾形象受到相當壓抑。

解嚴後，媒體的角色也非政院所能掌握，Call-in節目從早到晚，預設立場，十之八九都顯示出打從心底質疑阿扁總統的正當性，批判政府施政的言論無日無之，「照三頓罵，連吃宵夜也罵」，使得國家的公共政策缺乏理性探討的空間。民進黨政府有心做事，卻頻遭掣肘。諸多關心國家發展的民眾，以及稍有理性的知識份子，逐漸對立法院和媒體的亂象感到憂心和不耐。各種民調也都顯示，民眾早已把國會和媒體視爲台灣社會的兩大亂源。此種不滿在

「非常報導」光碟事件一發不可收拾。

## 媒體批評工業，本土政權大挑戰

當今台灣主流媒體一路展開的政治性談話節目，是法蘭克福學派「文化工業」理論的典型案例，甚至可以說是一種「批評工業」。其生產有著類似商品製造的過程，媒體企業背後是金融資本的控制，節目製作流程有如工廠生產線，收視率更是受商品市場邏輯的制約。媒體節目製作的工業化，使得批評言論也成了制式商品，公共領域更像是輿論消費市場。媒體開放本來應該產生的公共領域之擴大，以及批評言論的反省救贖作用，已逐漸喪失。公共輿論生產程序和內容的標準化，收視率與觀眾快感的宰制，明星的形成與節目的綜藝化，終於形成了台灣特有的媒體「批評工業」現象，產生「為批評而批評」的「異化」關係，媒體人失去了與其工作和產品的同一性。這就好像是在吵雜的市場中，我們只看到所有的嘴唇不停蠕動，不只聽不到聲音，更不用說嚴肅地傾聽人們說話的意指。有時，談著談著，在生產線上的節目主持人和來賓，由於慣性的原因，口中說著自己也不相信的許多評論內容。這眞是一個「批評內爆」（Implosion of Criticism）的狀況，節目和訊息多到過剩，眞正意涵已被掏空。

也由於這個異化現象，特定立場的輿論雖然佔有大部分媒體市場空間，可是往往並不眞正代表同等的影響力。依目前台灣各電視台的政治談話性節目比率，泛藍傾向的可能佔據七八成以上，但有關政治傾向的民意調查顯示藍綠約爲六四之比，甚至五五波。這是什麼道理？媒體研究者告訴我們，這就是觀眾自發的抵制性閱聽現象。顯見輿論商品市場的宰制並不是絕對的，閱聽人已是整個媒體輿論生產過程中的一環，與台上的所謂資深媒體人存在著辯證的關係。觀眾有時候受制於媒體，有時候也會塑造媒體，更會自發性地抵制媒體。因此，媒體明星會有一種假象，以爲自己可以風行草偃，事實上可能自己也被媒體假象騙了。歷次的選舉都證明了此種觀察。有抵制性閱聽，就有抵制性傳播，非常光碟正代表對台灣目前這種異化的批判工業所展開的一種抵制性傳播。它值得傳播學者進一步探討，不該因爲政治立場而被忽略。

已經居住台灣超過十五年，先後擔任過*China News*編輯、社論撰稿人，《倫敦經濟學人》（*The Economist*）駐台記者、以及《東方日報》、《亞洲週刊》雜誌駐台記者的英文《台北時報》（*Taipei Times*）執行主編勞倫斯•艾頓（Laurence Eyton），在一篇觀察台灣二千年總統大選的台灣媒體現象的文章中，就一針見血地指出：

目前台灣的資深媒體人都是在戒嚴環境培養出來的，台灣現在雖然已經解嚴了，但是這些媒體人尚未從戒嚴的箝制中解脫出來。在已經沒有媒體檢查的狀況下，仍然繼續在內心作自我檢查，導致媒體報導仍然存在戒嚴時期的意識形態。因此在版面上呈現出來的，是對大中國的認同，是對新政府的反感甚至仇視。

艾頓說得公道。沒錯，媒體忘掉新聞ABC，癥結就在他們「仍然存在戒嚴時期的意識形態」，而具體的表現是「對大中國的認同」和「對新政府的反感甚至仇視」。

大中國認同就是舊國民黨操縱的意識形態教育最主要的內涵。新政府上台後，強調「台灣價值」，這和大中國認同牴觸，這是媒體工作者的敏感地帶，他們並未隨著主流民意的反應（選擇陳水扁擔任總統／選擇民進黨執政）而調整過來，他們忘掉了民意，卻記著國民黨灌輸的意識形態，報導心態從而偏頗。「台灣的媒體仍在戒嚴時期的大中國意識中自我戒嚴，而形成了顛覆事實的現象。」艾頓說。

也在同一個原因和理路下，媒體對新政府的反感甚至仇視也相當明顯。扁政府上台以來，媒體報導扁呂正副總統的關係、扁李兩位前後任總統的關係，乃甚至和中央政府施政關聯不大的八掌溪事件、九二一事件、缺水、水患，包括台北市衛生局嚴重疏失導致的SARS疫情擴散……等新聞，一開頭都設定是中央無能，是領導無方，是新政府「意識形態治國」——一個理性的人一定會意識到，這不奇怪嗎？水患和意識形態何干？由中國傳染開來的SARS疫情和意識形態何干？媒體中使用的語言愈來愈脫離新聞報導中立的準則，使用了過多的政治語言，而這些政治語言，正是威權統治年代國民黨意識形態的再現。

主流媒體不斷宣揚一種論點，說台灣的本土勢力已經執政，怎麼還會有批評者所謂的媒體霸權？如果有，也應是執政黨才有資源去壟斷媒體。因此他們不肯承認有所謂主流媒體的霸權。然而，文化研究者都清楚，政治霸權赤裸裸，對象容易辨識，也容易抵抗。而葛蘭西所說的「文化霸權」卻是以文化工業和批評工業的生產形式，巧妙地隱身在資本主義的商品市場邏輯中，不但生活在其中的被統治者被欺矇了也沒感覺，佔有這個文化霸權位置的媒體人更不覺得自己擁有霸權。因爲他們對霸權已經習以爲常，在價値觀與行爲模式上看不到自己的樣貌。晉惠帝告訴沒飯吃的百姓「何不食肉糜」，主流媒體批評「非常光碟」，都是同樣的階級邏輯。

剛過世的薩依德在其《東方主義》一書中，技巧而有力地指出這種不對等的微妙現象。我們只要暫時把「東方主義」換成「台灣本土意象」，把歐洲觀點換成當前媒體的「主流意識」，尤其是大中國意識，薩依德的論述就完全可以套到台灣的媒體現象，甚至是其他文化學術領域：

東方主義之所以如此持久且強勢，便是由於文化霸權所形造成的結果。這種霸權讓歐洲人自我認定較其他文化人更爲優秀，藉著東方主義重申他們的優秀地位，並漠視東方人有不同看法的可能性與權力。

但，「東方主義並不是有那個邪惡的西方帝國主義者蓄意設計出來貶低東方世界，而是一種地緣政治意識的自然流佈，進入到美學的、學術的、社會的、歷史的和哲學的文本中。」它試圖要去定位、控制、操縱和統合那個「他者」。在剛從政治戒嚴體制解放出來的台灣，一個特殊現象是政治霸權的打壓已成過去，但文化霸權卻藉著公共領域的市場化，更爲鞏固而構成深刻的文化「內部殖民」意識。我們可以從一些詩人、藝術家以及學者的作品中，追尋到此種東方主義的軌跡。「孩提時代教育所形塑的童年意識，總是持續著，其軌跡可以說是廣泛地刻印在所有東方子民身上。」

法國著名的社會思想家布爾狄厄，爲了對抗主導今日歐洲新自由主義意識形態的智庫，特別呼籲「我們必須批判這種網絡式的生產，聚集類似傅柯所指的特定知識份子，形成一個眞正的知識份子集體，能定義自己的目標、思考的目的及其行動」，完成批判的功能，努力生產及散播對抗象徵支配力的防禦工具。

台灣的媒體社群中，有強烈的內部殖民意識的東方主義者，他們透過公共領域的文化工業化，輕易取得文化霸權地位，避居在政治自由民主制度和經濟資本主義商品市場邏輯的保護傘下，遮蔽了被殖民群眾底層的自我主體意識，強化了文化霸權統治者的合法性與優越性。

民進黨本土勢力雖然已經獲得執政權，但是在民主自由體制和商品市場機制的大架構下，除了正面有中國方面在國際上步步進逼，欲將台灣置之死地之外，在國內左邊有朝小野大的國會之制肘，右邊有媒體批評工業所形成的輿論亂象，可以說各方勢力環伺，而且裡外彼此呼應，危機重重。執政黨除了加倍的自我要求，做好施政，而且更一定要發揮最大的智慧和毅力，防止二〇〇〇年選戰失利的泛藍勢力，藉著國會和媒體亂象，顚倒是非，迷惑選民。

這也是爲何必須再透過全民公投的行動再度凝聚民氣，對抗國會與媒體亂象的理由。而且，只有阿扁繼續執政，台灣才有可能在這關鍵的歷史時刻，不至於功虧一簣，輕舟航過兩岸驚濤駭浪，眞正步上民主進步的坦途。

## 挑戰二〇〇八，深耕台灣，佈局全球

國親兩黨或部份在野人士經常批判民進黨，「執政三年多沒什麼政績可言」，但一個新的執政團隊，光是改革五十年累積下來的弊病，時間都嫌不夠，一下子要有明顯的政績，談何容易？在野黨就抓住這個弱點，一路猛批。好像一垂垂老矣的惡漢，對著剛學會上路的牝馬猛抽鞭，吆喝著爲何不跑得更快些。對台灣人來說，於心何忍？但即使如此，民進黨執政後所帶動的理念價値觀的改變，也充分顯現一個新執政黨的系統性方向，更展現了計劃施政的強烈企圖心。

行政院長游錫堃上任即開始籌「挑戰二〇〇八——國家發展重點計畫」，以「三大改革、四大投資主軸」爲切入點，二〇〇八年爲目標年，全面啓動國家轉型升級的改造工程。計畫從提出到五月三十日定稿出爐，僅約四個月。在這個階段中，游院長都親自與會討論，在院長室的小型會議室中，每到週六都可看到院長幕僚、部會首長及政務委員加班開會，討論台灣至二〇〇八年的國家總體發展目標。游錫堃從第一個計畫到最後一個計畫，無役不與，全程參與在理念、專業上的討論辯證。

「會議經常討論到深夜十一、二點，甚至有我一次我先生還打電話給我說，你昨晚沒回家喔！經建會副主委何美玥怕我先生誤會，在會議討論時，常常提高音量。」游錫堃辦公室主任蘇昭英說。

「當時很辛苦，每個禮拜都這樣，院長每次都從頭參與到尾，他認爲這樣，才能讓新政府的價値內化，理念才能被行政部門吸收，下次做相同事情才能自我成長。」

蘇昭英說，因爲這關係台灣未來，不是一年、兩年，而是中、長程的國家施政藍圖計劃，大家都覺得不管怎麼吃苦也値得，因爲有機會運用資源，然後想像怎麼發展對台灣未來最好，並且落實到具體的計劃。

基本上，「挑戰二〇〇八」是把台灣視爲一個流動中心，把資訊網路當成一個建設基礎，交通建設加速對外連絡，高科技成長之外，搭配文化創意產業，把高科技變得均衡，透過對環境的重視及新故鄉社區營造，達到國家發展的願景與目標。

掌握了正確的政策方向，還要有強大的執行力，政策才能落實。國發計畫執行一年多以來，究竟有那些成果？讓我們來檢驗一下。

一九九五年時，前政府就以花了一年半的時間，規畫提出「亞太營運中心計畫」。時至今日，「亞太營運中心計畫」建構六大中心的目標，人民並沒有看到預期的成果！新政府在同樣的時間裡，「創新研發中心」以及「營運總部」兩項計劃已經成功吸引到包括HP、SONY等十三家重量級跨國企業在台設立十五個研發中心，六十三個本國指標性企業亦在台設立研發中心；此外，也有一百六十七家企業在台設立營運總部。

據行政院資料，連年攀高的金融逾放金額已經從二〇〇一年底，一兆三千二百七十四億元的高峰，降為今年九月底為止的九千九百零七億元，短短一年九個月內即減少逾放金額達三千三百六十七億元；同期間，逾放比也從百分之八點一六的高峰，降至百分之五點六二的水準，不論逾放的絕對金額或是逾放比均比政黨輪替前的狀況更好。

游院長經常掛在嘴邊的是幾項重大公共工程的陸續完工，例如大高雄地區供水改善完成、北宜高速公路雪山隧道導坑貫通、北迴鐵路電氣化通車、第二高速公路、國道四號（台中環線）以及六條東西向快速道路全線通車、以及南竿機場與花蓮機場新站的完成通航，所謂「四通八達」。

失業問題也大有改善，今年十月份的失業率已經降為百分之四點九二，全年經濟成長率上修為百分之三點一五，預測明年更將達到百分之四點七以上。二〇〇三年世界經濟論壇（WEF）「未來五至八年經濟成長潛力」的競爭力評比中，台灣連續兩年名列亞洲第一。而洛桑管理學院（IMD）今年也將我國的全球競爭力從去年的第七名提升爲第六名。在國際間知名的十項各類競爭力評比中，台灣每一項都呈現出進步的趨勢。

## 全球化時代的新思維新策略

政黨尚未輪替前，台灣的經濟發展面臨空前的挑戰，世界不景氣衝擊到國內，中國的磁吸作用使得國內製造業更是雪上加霜，股市已由一萬五、六千點巨幅下跌到三千多點。在野黨不斷把全球性的經濟成長率下滑與失業率居高不下的帳全算在新政府頭上，甚至包括國民黨執政時期遺留下來的債務與教改問題。唱衰台灣、唱衰政府的心態過了頭還不自覺。直到今年最後一季，景氣已經恢復上揚，股票升至六千點，市面逐漸重拾久違的榮景，連宋兩人仍然到處宣稱民不聊生、經濟破敗。其實，只要到台北一〇一，或各個餐廳夜市，大家都可以發現消費的人潮，更不用說一些不受景氣影響的高檔百貨。這種狀況暴露了在野黨爲批評而批評荒謬處境。

但這並不表示台灣已可以高枕無憂，面對台灣內部經濟轉型的壓力，仍不可輕忽，尤其是全球化的新局面。「挑戰二〇〇八」的定位就是針對全球化的後工業時期，爲追求台灣整

預計2004年完工的台北101摩天大樓，將躋身國際摩天大樓之林，同時也向「將台北帶向全世界」的目標邁出一大步。

體發展的轉型，不再只是依賴高科技，也拓展知識、服務與文化創意產業。對於未來的年輕世代，除了科技研發之外，設計、建築、空間、文字工作、影像工作、媒體工作，都將是提供大量就業機會的成長部門。這樣的產業板塊移動，勢將帶動台灣經濟結構的大轉型。在過去，文化創意產業部門在經濟發展計劃中從未被列入考量，新政府是首次將之視爲一個獨立範疇，以此指向未來社會國家發展的遠景。

它的重要性主要來自資本資訊化的改變，這一方面使得資本活動的區位選擇脫離了傳統條件的束縛，開始搜尋更細膩的地點個性，從影像、環境和生態，直到文化、藝術、傳統、建築與古蹟，這些逐漸浮起成爲當代資訊資本社會中的重要資產。當這個世界變得越來越一致，越無所分別時，我們要求的差異卻越來越細膩，越來越挑剔。當所有地理經濟因素都一一被克服之後，文化、藝術、空間、地方和生活，成爲當代最重要的「差異」所在。地方的特色與魅力，地方的感覺變得比以前重要。「地方的時代」、「文化的時代」也因此逐漸抬頭。從英國到日本，越是工業化的國家，越是追求培養地方感，營造地方的吸引力。地方文化、地方的景觀，不僅被人們所欣賞，也被人們所消費。也就在種激烈的全球化資本主義市場競奪中，地方和社區主義，尤其是在文化藝術的「地方標記」，乃順勢獲得新的經濟生態優勢。

從這個角度來思考，目前世界上値得我們花錢去做長途旅行去參觀欣賞的城市，一定是文化的城市、藝術的城市，絕對不是工業的城市、商業的城市。世人喜歡到日本京都，不是因爲那地方有高樓大廈，有購物區，而是因爲她有傳統有文化。法國的巴黎恐怕也有百分之六十以上的人口是依賴文化藝術來維持生計的。歌劇院、美術館、博物館、古蹟建築，還有時裝業、餐廳業、資訊業、出版業等等，全部都是屬於廣義的文化產業。如果把文化藝術抽離掉，那麼巴黎就什麼也不是了。

「文化產業化」的口號最容易被誤解的地方，就是把文化產業解釋成直接透過文化藝術活動來賺錢，譬如劇團靠賣票收入，畫展靠賣畫賺錢，古蹟建築靠門票維持。我們看巴黎的計程車司機，好像是靠開計程車在賺錢，其實不是，他的日子可能是靠羅浮宮才能過活。連計程車司機都必須靠文化藝術資產來賺錢維持生活，這種結構性的關係才是我們所說的「文化產業化」。甚至說，巴黎街上一家咖啡廳的消費者可能都是從國外來遊覽的，也可能是剛剛提過的那位司機。所以，這家咖啡廳之所以能夠經營起來，也是源於巴黎的文化藝術資產。羅浮宮即使不收門票，它帶給巴黎的產業生機仍然是無與倫比的。

地方發展獨特的文化型態，與地方經濟產業活動有密不可分的關係。地方要發展自己的文化魅力，目的不只是在滿足地方居民生活的舒適度，同時也在於吸引更多的人願意到地方來居住、訪問和活動。有人來自然就會有產業，特別是以人的生活爲本質的產業。因此，最智慧型的產業發展應該就是最精緻的地方型文化產業體系。

人們爲什麼必須如此長途跋涉，遠至這些地方？因爲只有到那個地方才可以眞正看得到這些文化。爲什麼只有那個地方才有這些文化，因爲那些具有吸引力的文化都是獨一無二的，無法大量生產到處銷售的，這就與工業生產不一樣。要看好萊塢電影，不必到好萊塢，即使在鄉下都有機會欣賞得到，因爲它是大量生產到處擴散流通的。日本SONY（新力）牌電器產品，在台灣每一個角落都可買到，都可以看到，甚至日本的電視節目在這裡也可以變成流行，但是如果想看日本京都的廟宇、清水寺、金閣寺，或是想吃日本鄉村的土產料理，則恐怕非得親自去一趟那個地方不可。「地緣化」與「在地化」成為經濟上或文化產業上一個很重要的發展動力和利基所在。這也是挑戰二〇〇八觀光客倍增計畫的基礎。

行政院政務委員陳其南將「文化產業」（cultural industries）與「文化工業」（Culture Industry）的細微差別做了一些釐清。阿德諾（Theodore Adorno）式的所謂「文化工業」，是指大量、均一化、市場性、大眾化、流行品味的商品生產理念，主要提供大量消費，由於是透過工業生產模式操縱而失去個人主體性和個人創意的生產機制，個人不但無法主導文化，反過來是被工業生產所主導。而「文化產業」的性質正好與「文化工業」相對，它更依賴於創意、個別性，也就是產品的個性、地方傳統性、地方特殊性，甚至是工匠或藝術家的獨創性，強調產品的生活性和精神價值內涵。這些正是被文化工業所摧毀取代的質素。一個有趣的現象是，當全球化的趨勢越往前邁進，地方性的角色卻越來越重要、越顯著。

就內在價值而言，台灣許多觀念到現在都還沒調過來，以往資本門只界定在硬體，但現在大家都知道，眞正最雄厚的資本是在人的腦袋，而非機械、建築或土地。人力資本、文化資本的用語，大家都耳熟能詳。人的投資雖然看不出來，但事實上是在帶動根本性的觀念改變，迴異於傳統的看法。台灣過去以製造業爲主，但現在已比不上對岸，如果不能另找出路，我們的產業只會走向空洞化。對現在許多設計工作者而言，一台電腦就是唯一的「身外」之物，可是卻難以獲得鑑價，以致得不到資金融通。政府當然必須對這種發展有前瞻性的規劃。

「游院長常說，必須讓所有公務員，尤其從十二職等到科長，都具備挑戰二〇〇八的理念和價値觀，這個計畫才能永續傳承下去。」陳其南說：「在野黨很聰明，在立法院不斷杯葛預算，只要看到跟挑戰二〇〇八有關的，就無理由地大砍。主要是爲了讓民進黨政府沒有政績；但對行政院來說，挑戰『二〇〇八』的基礎架構對台灣未來發展更重要，時間也有限，仍不得不全力以赴。」

## 新十大建設，台灣鳳凰前景再造

僅管挑戰二〇〇八國發計畫已經有了初步的成果，但游錫堃所率領的行政院團隊仍然馬不停蹄，經過了一年半，歷經數十次跨部會專案會議，確立各項計畫主軸，並多次與地方政府、民意代表以及當地居民溝通，最後終於再端出五年五千億的「新十大建設計畫」。游錫堃比喻說，「現在我們就像是開著車爬坡，山頂美景就在眼前，卻發現馬力不足！」因爲

「政府固定投資」規模逐年縮減，而且已經到了嚴重不足的程度，不但不利經濟轉型、減損就業創造力道、加重通貨緊縮陰霾，更阻礙了國際競爭力的進一步提升。當然，冰凍三尺非一日之寒。由於強制性或義務性的法定支出即佔中央政府總預算高達百分之七十，歲出結構極為僵化。二〇〇〇年底政府債務餘額即高達二兆三千五百七十五億元，受到公債法上限的限制，政府已經沒有多餘的舉債空間。「政府固定投資」佔GDP的比率，從一九九四年的百分之七點三，一路下滑至二〇〇二年的百分之四點一；金額也從一九九九的五千二百零七億元，驟降至二〇〇二年的四千零二十七億元，減幅達到一千一百八十億元，一直到今年才止跌回升。

今年五月一日，陳總統曾邀請朝野政黨領袖召開「朝野領袖防治SARS疫情會議」，為了提振國內經濟的景氣，朝野領袖在會中要求行政院著手研擬進一步擴大公共建設的規劃。行政院即以「挑戰二〇〇八──國家發

二〇〇三年十一月二十四日，行政院院長游錫堃率相關部會首長舉行記者會，正式向外宣佈五年五千億「新十大建設」方案。

展重點計畫」爲基礎，根據幾個原則，衡量公務部門與民間執行能量、國家財政狀況，將額度訂定爲五年五千億，一年一千億的規模，定名爲「新十大建設」。這些原則包括：攸關國家經濟結構轉型升級、且急迫之關鍵投資；能具體改善台灣競爭力劣勢項目之計畫；北中南三大都會中進度超前、可加速完成者之重大建設；新興投資建設計畫，必須能具體改善生活品質、促進區域發展、或能帶動產業鍊，使投資乘數效果顯著者。

很多人一聽到「新十大建設」，就想起蔣經國時代的「舊」十大。但，一九六〇年代的「舊」的十大著重於硬體建設，二十一世紀的「新十大」除了硬體之外，更重視人文、科技、環境與生活建設。透過「新十大建設」的推動，行政院宣稱可以從經濟面提升公共服務品質、加速產業轉型、創造就業機會、強化國際競爭力、舒緩通縮壓力、平衡城鄉發展，更可以培育人力資本、改善生活品質、開創文化價値、豐富全民生活，提升綜合國力。民進黨政府是否眞能達成這一個承諾？人民拭目以待。

現在適逢總統大選前夕，政黨之間競爭壓力相當大，「新十大」一提出即引來在野黨百般挑剔，但畢竟這是一項攸關國家與人民利益大型施政計畫，在野黨除了曾提出七千億元和四年三兆等缺乏實質內容對案之外，也很難拂逆民眾和地方的期待。用蔣經國說過的話說，這是一項今天不做，明天後悔的事！事實上我們也期盼立法院可以支持這項計畫，更期待行政院能夠確實落實計畫項目期程，發揮最高的投資效益，讓世界看到一個眞正「精緻」、「效率」、「科技」及「卓越」的台灣。

今天的台灣政治情勢在某些方面很像「威瑪共和」時期（一九一八—一九三三）的德國。彼得．蓋伊（Peter Gay）談到德國這段黃金的二十年代說，「這段短戰歷史中發生的政治動亂，動盪不安的經濟對努力追求穩定的牽制——一方面有來自右翼反民主勢力的破壞活動，另一方面又有來自左翼和莫斯科方面共黨的騷擾。」這個共和國結束的原因也正是其源頭即已處處創傷，而且一開始其周圍即已佈滿欲置之死地的敵人。狂熱而充滿魅力的民主共和，由於各種政治亂象，竟然撐不過十四年，最後爲希特勒所乘，以德國納粹的近代悲劇收場。這段歷史經驗，足以提供給所有台灣人民引爲借鏡。

此刻的台灣，正走到最最關鍵的分水嶺上：一邊是更加寬廣的民主廣場，一邊是更爲窄仄的威權牢籠；一邊是曾經歷盡萬劫，由全體台灣人民締造出來的民主進步光榮歷史？一邊是稍一閃失就會被強敵推落的喪失民主、人權的萬丈懸崖，台灣人民到底是要堅定支持已經握在手上的權利？或者是要放棄主權，縱容舊勢力與激進主義決定台灣的未來？就看台灣人民的決心與選擇了。」

INK PUBLISHING Canon 6

# 公僕報告

作　　者　向陽　呂東熹　黃旭初
總 編 輯　初安民
美術編輯　許秋山
校　　對　陳曉梅

發 行 人　張書銘
出　　版　INK印刻出版有限公司
台北縣中和市中正路800號13樓之3
電話：02-22281626
傳真：02-22281598
e-mail：ink.book@msa.hinet.net
法律顧問　漢全國際法律事務所
林春金律師

總 經 銷　成陽出版股份有限公司
訂購電話：03-3589000
訂購傳真：03-3581688
http：//www.sudu.cc
郵政劃撥　19000691 成陽出版股份有限公司
印　　刷　海王印刷事業股份有限公司

出版日期　2004年1月 初版
ISBN 986-7810-80-5
定價　220元

Copyright © 2003 by Hsian Yang,
Lu Dong-hsi, Huang Hsu-chu
Published by INK Publishing Co., Ltd.
All Rights Reserved
Printed in Taiwan

國家圖書館出版品預行編目資料

公僕報告／向陽　呂東熹　黃旭初 著.
--初版，--臺北縣中和市：INK印刻，
2004〔民93〕面；　公分

ISBN 986-7810-80-5（平裝）

573.09　　93000448

版權所有・翻印必究
本書如有破損、缺頁或裝訂錯誤，請寄回本社更換

本書圖片由中央通訊社提供

NK INK INK INK INK INK INK
K INK INK INK INK INK INK IN
NK INK INK INK INK INK INK
K INK INK INK INK INK INK IN
NK INK INK INK INK INK INK
K INK INK INK INK INK INK IN
NK INK INK INK INK INK INK
K INK INK INK INK INK INK IN
NK INK INK INK INK INK INK
K INK INK INK INK INK INK IN
NK INK INK INK INK INK INK
K INK INK INK INK INK INK IN
NK INK INK INK INK INK INK
K INK INK INK INK INK INK IN
NK INK INK INK INK INK INK
K INK INK INK INK INK INK IN
NK INK INK INK INK INK INK
K INK INK INK INK INK INK IN
NK INK INK INK INK INK INK
K INK INK INK INK INK INK IN
NK INK INK INK INK INK INK
K INK INK INK INK INK INK IN
NK INK INK INK INK INK INK
K INK INK INK INK INK INK IN
NK INK INK INK INK INK INK
K INK INK INK INK INK INK IN
NK INK INK INK INK INK INK

INK